스켈레톤

WISHBOOKS GAME FANTASY STORY
더페이서 게임 판타지 장편소설

마스터

스켈레톤 마스터 18

더페이서 게임 판타지 장편소설

초판 1쇄 찍은 날 | 2019년 11월 18일
초판 1쇄 펴낸 날 | 2019년 11월 25일

지은이 | 더페이서
펴낸이 | 예경원

기획 | 위시북스
편집책임 | 이은송
편집 | 위시북스

펴낸곳 | 예원북스
등록번호 | 제396-2012-000132호
등록일자 | 2012. 7. 25
KFN | 제1-489호

주소 | 경기도 고양시 일산동구 호수로 646-24 위너스21II빌딩 206A호 (우)10401
전화 | 031-819-9431 팩스 | 031-817-9432
E-mail | yewonbooks@naver.com

ISBN 979-11-365-0506-4 04810
        979-11-89348-43-4 (set)

스켈레톤 마스터
18
WISHBOOKS GAME FANTASY STORY
더페이서 게임 판타지 장편소설
Wish Books

스켈레톤 마스터

••• CONTENTS •••

제1장
카이온 대륙으로!

다음 날.

무혁은 아무것도 모른 채 아침을 여유롭게 시작했다.

가볍게 공원을 돌고, 집으로 돌아와 샤워를 하고, 차려준 밥을 먹고, 거실에서 잠깐의 휴식을 즐긴다.

이제 접속해 볼까.

9시가 되어갈 무렵, 방으로 들어가 캡슐에 누웠다.

약간 긴장되네.

일부러 일루전 홈페이지도 보지 않았다. 혹시라도 아모르서스 창에 대한 정보가 언급되어 있을지도 몰랐기 때문이었다. 오늘만큼은 입찰 가격에 대해 미리 알고 싶지 않았다.

그러면 재미없지.

지금은 일종의 기대감으로 인한 설렘을 유지하고 싶었다.

치이익.

[새로운 세상에 오신 것을 환영합니다.]

폐오른 공터.

무혁은 무수히 많은 유저 가운데에서 주변을 훑었다.

"엇, 무혁 님이다."

"오, 진짜네."

무혁을 알아본 유저들이 인사를 해왔다.

"완전 반갑습니다!"

"와, 무혁 님. 이제 접속하신 거예요?"

"아, 네."

"그럼 아직 경매장 안 보셨겠네요."

"지금 봐야죠."

무혁의 대답에 순간 주변이 고요해졌다.

음? 왜 그러지?

슬쩍 그들을 보는데 하나같이 부러운 표정을 짓고 있었다.

가격이 꽤 올랐나.

일단 경매장을 열기 전에 일루전TV를 틀었다. 방송이 시작되면서 애청자들에게 알림이 전해지기에 방청자 수가 빠르게 상승했다.

-오, 알림 받자마자 왔음.

-반가워요!

-이미 방청자 많음ㅋㅋㅋㅋㅋ

-크, 무혁 님. 반갑네요!

-오, 저기 페오른 공터죠? 하, 젠장. 저는 출장 와서 전쟁에 참가도 못하고…….

-쩝, 전쟁에 참가하는 사람들은 거의 대부분이 일루전 올인파니까요.

-다크게이머죠.

-ㅇㅇ 맞음. 일루전으로 먹고 사는 유저 많음.

-아니면 노후로 일루전을 순수하게 즐기던가요.

-글쵸.

-부럽네요…… ㅠㅠ

-후, 우리 같은 일반인은 즐길 시간이 적어서 레벨도 낮은 편이고…….
자연스럽게 이런 대규모 이벤트는 즐기기가 어렵네요.

-그러게요…… 하.

-그래서 이렇게라도 대리만족을 하는 거죠.

-ㅠㅠ그러니까 무혁 님! PK 아주 그냥 제대로 해주세요!

-그냥 밟아버립시다!

-어서 카이온 대륙으로 넘어갔으면 좋겠다…….

무혁은 가볍게 인사를 나눴다.

"반갑습니다. 저도 방금 접속을 했는데요. 지금 경매장을 확인하려고 합니다."

그제야 방청자들이 아모르서스의 창을 언급했다.

-맞다, 그게 있었지.

-와, 얼마나 되려나요?

-기대, 기대!

무혁은 웃으며 경매장을 열었다.

아모르서스의 창, 검색.

다시 봐도 옵션이, 참.

천천히 시선을 내려 현재 입찰 가격을 확인했다.

"……."

무혁의 눈동자가 파르르 떨렸다.

후읍, 후아.

잠깐 심호흡을 하고 다시 금액을 확인했다.

"미쳤구나."

무려 4만 8천 골드, 남은 시간은 10분.

지금도 빠른 속도로 금액이 솟구치는 중이었다.

-돌았다ㅋㅋㅋㅋㅋㅋㅋㅋㅋㅋㅋ

-얼마죠, 저건? 4억 8천……?

-아뇨, 이제 4억 9천입니다.

-아니죠. 4억 9,200만 원이죠.

-ㄴㄴ 4억 9,300임.

-뭐 하세요, 님들아…… ㅋㅋㅋ

뒤늦게 정신을 차린 무혁.

"후, 놀랍네요. 정말."

방청자와 소통하며 시간을 보냈다.

1분, 그리고 또 1분. 8분이 남은 시점에서의 가격은 5억을 훌쩍 넘어가고 있었다.

한편, 무혁과 조금 거리가 떨어진 폐오른 공터.

"여기인가?"

"네, 길드장님."

S길드를 운영하는 황용석이 모습을 드러냈다. 그의 뒤로 S길드의 정예 군단이라고 할 수 있는 유저들이 정렬한 채로 따른다.

"흠, 그 유저도 있겠지?"

"그 유저라면……?"

"무혁 말이야."

"아, 당연히 있을 겁니다."

"같이 이동하겠군."

황용석의 눈이 반짝였다.

"뭐, 아무튼 오늘은……."

아모르서스에 대한 이야기를 꺼내려는 순간.

"야, 아모르서스 창은?"

그보다 먼저 이야기를 꺼낸 누군가의 목소리에 잠시 걸음을 멈췄다. 고개를 돌려보니 두 명의 유저가 거대한 돌멩이 아래, 그늘 밑에서 휴식을 취하고 있었다.

"아직."

"오, 가격은 봤고?"

"어, 5억 넘더라."

"이야, 완전 제대로네. 여유는 있나?"

불곰의 물음에 게펜이 고개를 끄덕였다.

"충분히."

"혹시 모르니까 5초 정도 남기고 크게 질러."

"그럴 생각이야."

그에 황용석이 그들을 지나치며 피식하고 웃었다.

여유라……?

과연 저들의 여유가 황용석, 본인에게 비할 수준이 될까. 아무리 생각해 봐도 그건 아니었다.

결국 아모르서스의 창을 갖는 건 되리라.

"들었겠지?"

"예, 아모르서스의 창을 노리는 유저가 많으니까요."

"반드시 확보하도록."

"알겠습니다."

조금 나아가던 황용석이 걸음을 멈췄다.

"적당하군. 여기서 쉬겠다."

"예."

보좌관은 경매장을 확인했다.

남은 시간은 3분가량, 현재 6만 골드를 넘어서고 있었다.

아슬아슬했어.

자칫 조금만 늦었다면 이미 경매 시간이 끝나 버렸을지도 모를 일이었다. 물론 사전에 이미 시간 계산을 확실하게 해두긴 했지만 언제나 변수는 존재하는 법이었으니까.

늦지 않은 이상 걱정할 건 없었다. 보좌관은 흐르는 시간에서 시선을 떼지 않았다.

남은 시간은 2분, 현재 가격은 6만 5천 골드.

남은 시간 1분, 7만 골드를 넘어섰다.

30초, 어느새 7만 5천 골드에 육박했다.

엄청난 속도로 치솟는 가격. 마지막이 다가오면서 간만 보던 이들이 입찰 경쟁에 뛰어든 탓이리라…….

그제야 보좌관이 손을 움직였다.

[입찰하시겠습니까?]

예스, 가격을 적어갔다.

문득 혹시나, 싶은 생각이 들었다.

아니, 어쩌면.

아모르서스의 창은 반드시 손에 넣어야만 했다. 무려 S기업의 아들인 황용석의 말이었기에 실패는 용납되지 않는다.

조금 안전하게 가야겠어.

어차피 돈은 차고도 넘쳤다. 문제 될 건 없었다. 그렇다고 너무 압도적인 가격을 작성해 봐야 돈을 낭비할 뿐이었다.

적절한 선. 그걸 지켜내는 것이 실력이었다.

평소라면 더 낮은 가격을 써서 냈겠지만 이번에는 황용석 역시 재차 당부한 상황이었던 터라 조금 더 선을 높여도 개의치 않으리라.

남은 시간은 정확하게 7초.

가격을 빠르게 수정했다.

방청자와 이야기를 나누는 사이에 무혁과 예린, 김지연이 접속했다.

"오늘은 여기까지만 하겠습니다."

예린을 맞이했다.

"왔어?"

"응!"

그녀를 가볍게 안아주자 성민우가 피식하고 웃더니 김지연 옆에 위치했다.

"너희만 사귀냐, 우리도 사귄다!"

"그러냐……?"

이상한 시비에 무혁이 황당한 표정을 지었다.

"흐흐, 그건 그렇고. 창은 팔렸냐?"

"아니, 이제 곧……."

[아모르서스의 창이 판매되었습니다.]

[수수료를 제외하고 11만 8,800골드를 획득합니다.]

거짓말처럼 입이 떡하니 벌어졌다.

"어, 어어……."

정말 당황한 표정이었다.

"뭐야, 왜 그래?"

"오빠? 괜찮아?"

"너무 싸게 팔렸나? 아니면……."

그들의 질문에도 무혁은 쉽게 정신을 차리지 못했다.

미, 미친.

현금으로 치면 무려 11억 8,800만 원이었다. 아무리 무혁이라도 쉽게 진정되지 않는 금액이었다. 물론 일루전을 하면서 많은 돈을 벌고 있지만 단번에 이만큼이나 벌었던 적은 한 번도 없었다.

"오빠? 오빠!"

"어, 어어. 괜찮아, 그럼. 괜찮고말고."

"왜 그러는데?"

"아, 가격이……."

"가격이, 뭐."

"내 생각보다 높게 팔려서."

"얼마기에?"

무혁이 잠깐 심호흡을 했다.

"11만 8,800골드."

"어……?"

"뭐라고? 무혁아, 1만 8,800골드라고?"

"아니, 멍청아. 11만 8,800골드라고."

"내가 잘못 들은 건 아니지? 아니, 아니지. 하긴. 최초의 10 강이었으니까. 게다가 강화도 유일한 거고."

성민우의 설명에 예린과 김지연이 고개를 끄덕인다. 그러나 그녀들의 표정 역시 무혁과 크게 다르지 않았다.

"그, 그래도 엄청나다……."

놀라는 그들을 무혁이 다독인다.

"나중에 선물 하나씩 쏜다."

"오, 리얼리? 콜!"

"안 그래도 되는데……."

"나, 나두 괜찮아."

성민우를 제외하곤 모두 거절의 의사를 비쳤다.

"아니, 그러면 나만 쓰레기 되는 거잖아."

"몰랐어?"

"어……?"

"장난이야, 장난."

"아, 충격이다."

그들의 다툼에 무혁이 크큭, 웃었다.

"내가 사주고 싶어서 그래."

"으음, 오빠가 그렇다면야."

"고, 고마워!"

그제야 예린과 김지연이 고개를 끄덕였다.

"쳇, 어차피 받을 거면서."

투덜거리는 성민우를 무시한 채 무혁은 기쁨을 만끽했다.

장인의 강화로 8강이나 9강을 제작해서 판매하면 꾸준히 큰돈을 벌 수 있을 것 같았다.

어차피 블랙 길드에도 판매를 해야 했기에 수시로 강화 작업을 하기로 했다.

돈이 되는데 안 할 이유가 없었으니까.

물론 틈틈이 함께 전쟁을 치렀던 용병들의 무구도 7강까지 만들어줘야 했다. 거기다가 새롭게 얻은 스킬이 있으니 조합을 시도하는 것도 좋으리라.

바쁘겠네, 이번 여행도.

그렇게 생각하니 쉬고 있는 이 순간도 괜히 아까워졌다.

그래, 놀아서 뭐 해.

무혁은 아뮤르 공작 도착 전까지 작업하기로 했다. 일단 돈맛을 본 만큼, 아모르서스의 창보다 더 뛰어난 무구를 판매하고 싶었다.

방어구도 해볼까.

고민을 하다가 활 하나와 가죽 갑옷을 강화하기로 결정을 내렸다.

상세 검색, 활.

나오는 활 중에서 비싼 순서대로 나열했다. 그리고 보조 옵션이 뛰어난 것을 구입했다.

[아이템 '천궁'을 구입하셨습니다.]

다음은 가죽 갑옷.

[아이템 '트롤 킹의 가죽 갑옷'을 구입하셨습니다.]

노강 아이템임에도 값이 상당했다. 대신, 강화를 하게 된다면…… 그 가치 역시 몇 배로 훌쩍 뛰게 될 것이 분명했다.

이제 강화를 해볼까. 먼저 트롤 킹의 가죽 갑옷부터.

판 위에 올려놓고 강화전용 망치를 들어 올렸다.

장인의 강화. 떠오르는 두 가지의 색깔. 당연히 푸른색만!

집중하여 망치를 휘둘렀다.

[강화도가 상승합니다.]

[강화도가…….]

역시가 초반에는 참으로 쉬웠다.

[강화도 : 100%]

[칭호의 효과로 강화 성공 확률이 상승합니다.]
[장인의 강화에 성공하셨습니다.]

빠르게 4강까지 만들었다.

웃음이 나왔다. 바보 같은 미소를 빠르게 지웠다.

흐흐……!

4강밖에 되지 않았음에도 보조 옵션의 상승률이 상당했다.

다시 망치를 휘두르려는 순간.

"실례합니다."

낯선 목소리가 무혁을 불렀다.

고개를 들어 올리니 언제고 한 번 영상으로 봤었던 유저가 눈앞에 있었다.

창술사, 게펜이었다. 그는 과거에도, 그리고 현재에도 꽤 유명한 유저였다.

"게펜이라고 합니다."

"아, 네. 무혁입니다."

"영상 잘 봤습니다."

"네?"

무혁이 고개를 갸웃거렸다.

"영상이라니 무슨……?"

그에 성민우가 끼어들었다.

"몰랐냐? 너 동영상 하나 엄청 이슈였잖아."

"언제?"

"어제 로그아웃하고 조금 지나서부터?"

"그래? 그때부터 그냥 쭉 쉬어서 몰랐네."

"장난 아니야. 그 영상 덕분에 아모르서스의 창도 다시 집중 조명된 거고."

"아아……."

게펜은 어색한 표정으로 둘의 대화를 듣고 있었다.

"모르셨나 보네요."

"네, 그런데 무슨 일이시죠?"

"저도 아모르서스의 창에 입찰을 했었는데, 아쉽게도 낙찰을 못 받았습니다."

"그러셨군요."

"마침 무혁 님이 여기 계시더군요. 그래서 혹시 무구 강화를 받을 수 있을까 싶어서 찾아왔습니다."

"흐음."

무혁의 주 직업은 대장장이가 아니었다. 해서 강화 작업에 대한 주문을 지금까지는 받지 않고 있었다. 예약을 받게 되면 의식적으로 시간을 할애해야 했고 한 번 받으면 계속 받아야 하는 번거로움이 있었기 때문이다. 물론 블랙 길드처럼 예외적인 경우도 있었기에 단번에 거절하기가 애매했다.

상관없으려나.

게펜에 대한 이미지는 충분히 좋은 편이었다. 회귀하기 전에도 그에 대한 이야기를 종종 정보로 접할 수 있었는데 부정적인 이야기는 존재하지 않았다. 예약을 받아서 만들어주는 것도 크게 나쁘지 않을 것 같다는 생각이 들었다.

상황이 내 생각대로 흘러가면 좋겠는데.

무혁은 잠시 고민하다 입을 열었다.

"조금만 생각해 보죠."

"알겠습니다. 그것만으로도 충분합니다."

영상이라.

홈페이지로 향하는 버튼을 누르자 홀로그램 형식으로 인터넷 창이 떠올랐다. 핫이슈 게시판에 들어가니 게펜이나 성민우가 말했던 영상이 뭔지 단번에 알 수 있었다. 최상단에서 자동으로 영상이 재생되고 있었던 까닭이었다.

오호.

시작은 무혁의 초창기 장면이었다.

저 때가 언제였더라…….

추억이 새록새록 떠오르며 즐거움을 선사했다.

정말 힘들었는데.

10마리도 되지 않는 스켈레톤이 몬스터를 사냥하고 있었다. 움직임도 느려서 정말 허접해 보이기 짝이 없었다. 하지만 그걸 보는 무혁은 그저 즐거울 뿐이었다. 이윽고 조금 더 성장한 모습의 무혁이 등장했다. 스켈레톤의 숫자 역시 늘어났다. 20마리 정도. 소수의 몬스터를 숫자로 밀어붙이는 무식한 사냥 방법이었다.

그러나 시간이 흘러갈수록. 조금씩, 또 조금씩 성장해 나가는 모습이 상당히 재미가 있었다. 간간이 요리하는 모습과 강화에 집중하는 모습도 나왔다.

그때부터 본격적으로 영상이 화려해지기 시작했다. 스켈레톤은 진화를 거쳤고 각종 스킬을 사용했다. 동시에 화면을 잡아내는 기술 역시 한결 좋아졌다. 자연스럽게 집중할 수밖에 없는 구조였다.

대단한데……?

이걸 누가 만들었을까, 싶은 순간 한 사람이 스치고 지나갔다.

아, 이한규. 그 사람이겠구나.

영상을 제작하겠다며 쪽지를 보내서 계약까지 해버린 남자. 사실 잊어버리고 지내던 상황이었기에 더 놀라웠다.

이런 퀄리티라니.

마치 깜짝 선물을 받은 기분이었다.

나가면 전화라도 해봐야겠다.

"봤나?"

"어."

"끝내주지? 처음 보고 엄청 놀랐는데."

"나도 놀랐어. 대단하더라고."

"그치?"

"오빠, 이제 본 거야?"

"응, 어쩌다 보니."

"나 그거 보고 전화하려다가 참았는데."

"왜?"

"그냥, 오랜만에 푹 쉬려고 나간 거잖아."

예린의 말에 배려가 녹아 있었다.

마음이 따뜻해진다.

무혁은 그녀의 머리를 쓰다듬었다.

"앞으로는 안 그래도 돼."

"헤헤. 알겠어!"

동영상에 관한 이런저런 말을 나누고서야 다시금 작업에 돌입했다.

캉, 카앙!

그렇게 트롤 킹의 가죽 갑옷이 7강에 이르렀을 즈음.

"어, 저기 온다!"

"오, 오오오!"

갑작스러운 소란에 집중력이 깨어졌다.

고개를 돌리는 무혁.

장관이라고 해도 과언이 아닐 장면이 시야에 꽂혔다.

아뮤르 공작을 선두로 하여 기사단과 신관, 마법사들은 물론이고 정예 병사가 줄을 지어 다가오고 있었던 것이다.

그들은 죽음을 각오해야만 하는 전쟁에 임한 상태였기에 유저들과는 마음가짐이 크게 달랐다. 그 탓에 뿜어지는 기세 역시 날카로워서 지켜보는 유저들은 자기도 모르게 침을 삼키곤 했다.

"어마어마한데……?"

"와, 미친. 도대체 몇 명이야?"

"대박이다, 대박."

용병으로 참가한 유저 역시 수가 적지 않았다.

학창 시절, 전교생이 전부 모여야 2천 명 수준. 정말 많아야 3, 4천 명. 운동장을 빼곡하게 메웠던 추억의 그림. 그것의 최소 스무 배 이상이 한자리에 모였다. 어마어마한 수인 것이다.

"이거 지휘는 제대로 되려나?"

"인원을 나누겠지."

"아, 그러겠네. 전부 같은 곳에 내릴 순 없으니."

흩어진 인원은 카이온 대륙을 곳곳에서 동시에 침투하리라. 잡념에 빠져 있는데 기사 한 명이 다가와 무혁을 불렀다.

"아뮤르 공작님이 부르십니다."

"아, 그래요?"

고개를 돌려 예린을 쳐다봤다.

"잠깐 갔다 올게."

"응!"

기사를 따라 아뮤르 공작에게로 향했다. 몇 명의 유저가 이미 아뮤르 공작과 이야기를 나누고 있었다.

"오, 자네 왔군."

"네."

"그래, 선물은 마음에 들던가."

아마도 보상 상자를 말하는 것 같았다.

"아주 좋았습니다."

"겨우 시작일 뿐이었으니 더 기대하게."

"알겠습니다."

"그보다, 인원이 생각보다 더 많군. 해서 자네는 물론이고 여기 있는 모두에게 부탁을 좀 해야겠는데."

"부탁이라면……?"

모인 유저들이 고개를 갸웃거렸다.

물론 무혁은 이미 어떤 내용일지 예상을 하고 있었다.

유저를 지휘하라는 건가.

딱 그 말이 아뮤르 공작의 입에서 튀어나왔다.

"자네들 전부가 하나같이 실력이 뛰어난 것으로 파악이 되었네. 조금 뒤에 그룹을 나누게 될 것인데 자네들이 한 그룹씩을 맡아주게나."

"예?"

"그게 무슨 소리죠?"

"그들을 이끄는 지휘관이 되어달라는 것이네."

이미 예감하고 있었던바.

무혁은 흔쾌히 수긍할 수도 있겠지만 지휘를 도맡아 한다는 건 분명 어려운 일이었다. 해서 은근하게 운을 떼어봤다.

"지휘를 맡기엔 부족한 점이 많습니다."

"그런가? 자네들은?"

나머지 유저들도 어려워하는 기색이었다.

물론 일부는 바로 수락했다.

"저는 할 수 있습니다."

"고맙군."

"저도 할 수 있습니다!"

허락한 이들은 이내 물러나고.

"흠, 자네들은 아직 고민 중인가?"

"네, 잘 모르겠네요."

"그럼 내 한 사람을 붙여주겠네. 그가 조언해 줄 것이네. 그래도 안 되겠나?"

원하던 대로 일이 흘러간다.

지휘관. 유저의 공헌도 일부를 떼어서 먹는 최고의 직위다. 공헌도 보상이 상당하다는 걸 알게 된 이상 순위권을 포기할 수 없었다. 그렇기에 당연히 수락해야 할 일이지만 한 가지 걸리는 게 있었다.

아무래도 지휘에 집중하게 되는 만큼 직접 움직이기가 어려워진다는 점이었다. 그러면 백마군의 붉은 단검이 하등 쓸모가 없어진다.

스탯은 올려야 돼.

그 탓에 고민하던 찰나, 아뮤르 공작의 제안이 들어온 것이다.

이 정도면 완벽하지.

무혁의 입장에서는 정말 최고였다. 도움을 주는 NPC에게 잠깐 지휘 권한을 맡겨놓고 직접 움직일 수 있으니 단검을 활용하여 스탯도 올릴 수 있을 것이다.

"최선을 다하겠습니다!"

무혁의 대답에 다른 유저도 고개를 끄덕였다.

"저도 해보겠습니다."

"저도요."

"다들 고맙네. 조금 더 자세한 내용은 북쪽 바다에 도착해서 알려주겠네."

"알겠습니다."

대답을 한 후 본래 자리로 돌아갔다.

황용석의 입가로 미소가 그려졌다.

"지휘관 이야기를 하더군."

"그렇습니까."

"공헌도를 올리기엔 최고일 테니, 바로 수락을 했지."

"잘하셨습니다."

거절할 이유가 없었다.

"1위를 차지할 확률이 높아졌어."

"지휘관이 아니더라도 반드시 그렇게 될 겁니다."

"그래야지."

"그럼 지금 바로 확정이 된 것인지."

"그건 아닌 것 같군."

"목적지에 도착해야 확정이 나겠군요. 유저들을 어떻게 이끌지 작전을 생각해 보겠습니다."

"실수는 없어야 할 것이다."

"물론입니다."

보좌관의 대답을 들은 황용석이 눈을 감았다. 아뮤르 공작의 연설이 지루한 탓이었다.

꽤 긴 연설이 끝나고 드디어 그가 진군을 명령했다.

"출발하겠다!"

황용석이 몸을 일으키니 S길드원 전부가 벌떡 일어났다. 이후 조폭 네크로맨서 직업을 가진 유저가 군마를 소환했다. 가장 후미에서 느긋한 속도로 나아갔다. 그들보다 조금 앞선 곳에 무혁과 일행이 있었는데 그들 역시 군마에 탑승한 상태였다.

"금방 도착하려나."

"꽤 걸리겠지."

"흐음, 그럼 홈페이지나 구경해야겠다."

성민우와 예린, 김지연이 홈페이지를 보며 키득거리기 시작했다. 무혁도 지루함을 달래기 위해 홈페이지에 접속하려는데, 옆으로 바짝 다가오는 인기척을 느꼈다.

고개를 돌리니 창술사 게펜과 그의 동료들이 보였다.

"같이 이동해도 될까요."

"아, 물론이죠. 어차피 다 같이 움직이는 건데요, 뭘."

"감사합니다."

그때 불곰이 얼굴을 들이밀었다.

"반갑습니다! 불곰이라고 해요!"

"무혁입니다."

"흐흐, 당연히 알죠. 크, 랭킹 2위라니. 이렇게 직접 보니까 신기하네요."

"그쪽 분들도 다 랭커 아닌가요?"

"어? 어떻게 아세요?"

"영상 몇 번 봤습니다."

"오오! 이거 완전 인연이구만요!"

불곰의 넉살이 꽤나 좋았다.

덕분에 나머지 인원과도 즐겁게 인사를 나눌 수 있었다.

총 5명. 창술사 게펜, 탱커 불곰. 궁수 한방이다 유저와 치유사 꽃잎. 마지막으로 마법사 극딜까지.

남자 셋에 여자 둘이었다.

"반가워요, 정말."

"네, 잘 부탁드립니다."

마지막 인사를 끝으로 게펜은 말을 건네지 않았다.

흐음, 궁금할 텐데.

하지만 아직은 대답해 줄 때가 아니었다.

그룹이 나뉠 수도 있으니까.

같은 그룹에 속하게 된다면 바로 강화 예약을 받을 생각이었다. 그가 공헌도를 많이 올릴수록 무혁이 얻게 되는 공헌도 역시 늘어날 테니까.

너무 이기적이라고 생각할지도 모르겠지만 그런 이득이라도 있어야 예약을 받을 맛이 나지 않겠는가.

이내 생각을 지우고 설정 시스템을 열었다. 일루전 홈페이지에 접속해 지루한 시간을 달래기 시작했다.

카이온 대륙으로 넘어가기 위한 최종 목적지, 포르마 대륙의 북쪽 바다에 도착했다.

"와, 예쁘다……."

"에메랄드빛이라고 하지, 저런 걸 보고."

아뮤르 공작이 마법사의 도움을 받아 목소리를 퍼뜨렸다.

"인원을 나누기에 앞서, 한 가지를 공표하겠다."

이제는 전쟁이었다. 그렇기에 아뮤르 공작도 말을 놓았다.

"지휘관으로 언급되었던 이방인들은 지금 다시 앞으로 나오길 바란다."

무혁도 포함하여 일부 유저가 움직였다.

"갔다 올게."

줄을 맞춰 자리에 서자 아뮤르 공작이 조촐한 임시절차를 거쳤다.

"지금부터 그대들에게 지휘관 자격을 부여하겠다."

[카이온 침투 작전의 제1지휘관이 되었습니다.]
[그룹에 속한 유저들이 획득하는 공헌도의 일부를 가져옵니다.]

무혁은 제1지휘관이 되었다. 아마도 차례대로 제2지휘관, 제3지휘관으로 임명되었으리라.

"그럼 지금부터 인원을 나누도록 하겠다."

아뮤르 공작이 뒤를 쳐다봤다.

"자리를 잡도록."

"예, 공작님."

마법사 몇 명과 기사 몇 명이 앞으로 나왔다. 마법사가 주문을 외웠고 은은한 파란빛이 막이 공간을 덮었다.

"5천 명의 인원과 1명의 지휘관만 수용할 수 있는 마법을 펼쳐놓았다. 그 이상이 되면 마법진 안으로 들어갈 수 없다. 어떤 곳으로 향해도 좋다. 그룹이 이뤄지면 바로 카이온 대륙의 일정 지점으로 흩어질 것이다. 자세한 지시 사항은 마법사를 통해 지휘관에 알려질 터. 지휘관은 신중하게 생각하여 인원을 이끌기 바란다. 이상! 지금 자리를 잡도록 하라!"

"뭐, 아무 데나 가도 상관없겠지?"

성민우의 물음에 무혁이 고개를 끄덕였다.

"지휘관만 없으면."

"다행이네, 임의로 갈라놓으면 떨어질 수도 있었는데."

예린과 김지연도 뒤늦게 그 사실을 깨달았는지 식겁한 표정을 짓더니 이내 안도했다.

"우린 어디로 갈까?"

"음, 가운데?"

"뭐, 그래."

예린의 의견을 들어 중앙 그룹으로 향했다.

무혁이 움직이기 시작하는 순간.

"야, 우리도 저기 가자."

"어딜?"

"무혁 님 따라서 가자고."

"왜?"

"그래야 안 죽지!"

"아, 그런가? 으음. 하긴, 그건 그러네. 콜, 따라가자!"

하지만 고개를 젓는 이들도 간간이 보였다.

"멍청이들. 그럼 공헌도를 뺏기잖아. 생각이 없는 건가. 랭커가 최소로 있는 곳에서 활약해서 공헌도를 올리는데 말이야."

"에이, 그래도 안 죽고 꾸준하게 살아야 공헌도도 올릴 수 있는 거야."

"난 안 죽어."

"아이고, 그러서? 자신감이 넘치네."

"그러니까 믿고 저기 가자."

"하, 젠장. 알았어."

그렇게 랭커 유저와 멀어지는 이들.

그 사이로 게펜과 그 일행들이 중앙으로 걸음을 옮겼다.

무혁의 뒤를 쫓아서.

중앙 그룹에 들어선 첫 번째 지휘관은 무혁이었다.

"오, 다른 지휘관은 없네."

"잘됐네, 여기 있자."

"오케이!"

주변을 둘러보는데 익숙한 이들이 보였다.

게펜과 그의 동료들이었다.

"어, 게펜 님?"

"네."

"여기로 오셨네요."

"네, 여기가 괜찮을 것 같아서요."

"으흠."

그렇다면 이제 게펜은 무혁의 지휘를 받는 유저라고 보면 된다. 이제 그가 올리는 공헌도의 일부가 무혁의 것이 되는 것이다.

"게펜 님?"

"네, 무혁 님."

"무기 강화를 해달라고 하셨죠?"

"네."

"몇 강을 원하시는지."

그 순간 게펜의 눈동자가 빛났다.

"해주시는 겁니까."

"가격만 맞으면요."

"최소 9강을 원합니다. 9강에 성공하면 5만 골드. 10강이면 10만 골드를 지불하겠습니다."

무혁의 눈꺼풀이 떨렸다.

5억, 그리고 10억. 경매장에 판매할 경우의 예상 수입과 비교해도 결코 부족하지 않았다. 물론 기본이 되는 무기의 능력치 역시 큰 차이를 발생시키겠지만 그걸 감안하더라도 결코 부족한 금액은 아니었다. 거대한 액수가 눈앞에서 팔랑거리는데 누가 거부할 수 있으랴.

"좋습니다. 해보죠."

"감사합니다!"

"일단 무기부터 볼까요."

"예, 여기 있습니다."

게펜이 건넨 창을 확인했다.

[적홍의 창]

공격력 307

모든 스탯 +5

힘 +25

추가 공격력 +80

관통력 증가.

반응속도 +2%

사용 제한 : 힘 250, 민첩 200.

[특수 옵션]

낮은 확률로 입힌 대미지의 2%를 HP로 흡수한다.

어마어마한 옵션의 창이었다.

"워후……."

이 정도 옵션이면 강화를 하지 않아도 몇천 골드는 할 것 같았다.

"엄청나네요. 음, 일단 최소 9강을 목표로 작업해 보죠."

"예."

"계약서 있으신가요."

"네, 갖고 있습니다."

아이템을 훔쳐갈 수 없도록, 상인의 계약서를 작성했다.

"계약 성립되었습니다."

"잘 부탁드립니다."

별수 없이 갑옷과 방패 강화는 조금 뒤로 미뤄야 할 것 같았지만 실망스럽진 않았다. 오히려 기대감만 가득해졌다.

어떤 창이 탄생하려나.

상상만으로도 가슴이 두근거렸다.

무혁이 지휘관으로 있는 곳이 1그룹이 되었다. 제1지휘관이었으니 당연한 일이었다.

아뮤르 공작의 지시를 알려줄 마법사 한 명과 조언을 책임질 기사 한 명을 대동한 채로 거대한 배에 올라탔다. 5천 명의 인원을 수용하기에 부족함이 없었다.

"와, 엄청 넓은데."

"가는 데 시간이 꽤 걸리겠네."

"당연하지. 얼마나 거리가 넓은데."

"가는 길에 시차 적응이나 잘하자."

"시차 적응?"

"어, 카이온 대륙이랑 시차 12시간 정도인가 나니까."

"아, 그렇구나……."

"몰랐냐?"

"어."

"이제라도 알았으니 다행이네."

멍한 성민우를 버려둔 채 예린과 함께 바다의 풍경을 즐겼다.

"엄청 예쁘다."

"그러게. 좋네."

자연스럽게 그녀가 무혁의 품에 안겼다.

여유를 충분히 즐긴 후.

"자, 이제 작업 좀 해볼까."

게펜에게 의뢰받은 일을 하기 위해 한산한 공간에 자리를 잡았다. 적홍의 창을 내려놓고서 망치를 꺼내 들었다.

캉, 카앙!

강화도가 오르기 시작했다.

1강, 2강, 그리고 3강. 그러나 5강에서 실패하고, 힘겹게 올린 6강에서 다시 실패.

5강으로 하락한 적홍의 창을 바라보다 한숨을 내쉰다.

생각보다 어렵네.

역시 아모르서스의 창이 10강이 된 건 순전히 그날의 운이었던 모양이다.

행운이 끝난 건 아니겠지?

불안한 마음을 애써 지우며 다시 작업에 열중했다.

6강, 7강, 그리고 8강. 그러다 다시 7강으로 미끄러지고.

[강화에 실패하셨습니다.]

하, 젠장……!

짜증에 미간이 찌푸려지는 순간.

"오빠, 괜찮아?"

"어? 아, 어어. 괜찮아."

예린을 보며 애써 미소를 지었다.

"어렵지?"

"응, 잘 안 되네."

"괜찮아, 천천히 해도 돼."

"고마워."

그녀의 위로에 순간 마음이 풀려 버렸다.

"근데 벌써 저녁이야."

"어, 그래?"

"응. 우리 이제 나가서 저녁도 먹어야 할 것 같은데."

"아아, 그래야지."

그때 성민우가 다가왔다.

"뭐야, 아직도 작업 중이었냐? 와, 볼 때마다 느끼는 거지만 집중력 대단하다, 정말. 아무튼 밥이나 먹고 오자고."

"그래."

성민우와 김지연이 로그아웃을 하고.

"조금 있다가 봐, 오빠."

"응, 저녁 맛있게 먹고."

"응!"

예린과 무혁도 접속을 종료했다.

치이익.

캡슐에서 나와 가장 먼저 휴대폰을 확인했다.

연락이 꽤 많이 온 상태. 대부분 방송국에서 온 것일 확률이 높았기에 일단 무시했다.

아, 참.

그러다 이한규가 떠올라 전화를 걸었다.

-무, 무혁 님?

"아, 네. 바쁘세요?"

-아뇨! 괜찮아요!

"영상 올리신 거 맞죠?"

-아, 네. 이렇게 이슈가 될 줄은 몰랐지만요.

"고마워요."

-네?

"엄청 마음에 들더라구요."

-가, 감사합니다!

"나중에 또 한 번 제작해 주세요."

-맡겨만 주신다면요! 아, 그리고 다음 달 말일부터 수익도

입금해 드리겠습니다!

"네, 감사합니다. 다음에 또 연락하죠."

기분 좋게 통화를 마치고 가족들과 함께 저녁을 먹었다. 그 사이에만 연락이 수십 통은 왔는데 무음으로 해놓은 상태라 신경은 쓰이지 않았다. 그래도 밥을 모두 먹은 후에는 누구에게 연락이 왔는지 정도는 확인했다.

역시 모르는 번호가 전부였다.

방으로 돌아와 휴대폰을 침대에 던져놓은 후 일루전에 접속했다.

아직 동료는 보이지 않는 상황.

무혁은 다시금 적홍의 창을 강화하기 시작했다.

적홍의 창을 강화하면서 스켈레톤의 무구 강화에도 신경을 썼다. 좀비의 서를 얻을 때 도와줬던 용병들의 무기도 7강까지 만들어서 줘야 했다.

사이사이 적홍의 창을 강화했지만 9강은 쉽지 않았다.

운이 안 따르네.

그 탓에 시간이 상당히 소요되었다.

하루, 이틀.

그동안에 시차 적응도 했다. 무려 12시간이 넘는 시차였기에 상당히 고된 나날이었다.

"으, 피곤하다."

"아, 로그아웃하면 새벽이야. 자고 일어나면 저녁이고. 어이
가 없다."

"뭐, 여기선 어쩔 수 없지."

결국 목적지에 당도하기 직전에서야 적홍의 창을 9강까지
만들 수 있었다.

"어후……."

작업해야 할 게 워낙 많았던 터라 상당히 피곤했다.

더 이상은 안 되겠다.

거기서 멈추고 게펜을 찾아갔다.

"아, 여기 계셨네요."

"네, 무혁 님."

게펜은 갑판에서 바다를 보고 있었다.

"9강까지 성공했습니다."

"정말입니까?"

게펜의 입꼬리가 씰룩거렸다. 좀처럼 표정이 드러나지 않는
그였기에 꽤나 재밌었다.

"네, 옵션 확인해 보세요."

"알겠습니다……!"

긴장한 표정의 게펜.

[적홍의 창+9]

물리 공격력 307+129

모든 스탯 +5(+20)

힘 +25(+100)

추가 공격력 +80(+320)

관통력 증가.

반응속도 +2%(+8%)

사용 제한 : 힘 250, 민첩 200.

[특수 옵션]

낮은 확률로 입힌 피해의 2%를 HP로 흡수한다.

몸을 크게 움찔거렸다. 무혁은 그의 반응을 충분히 이해할 수 있었다.

옵션이 어지간히 좋아야지.

그가 보기에도 대단했으니까.

어마어마한 무기야.

게펜의 낯선 반응 탓일까. 옆에 있던 불곰 유저가 고개를 갸웃거리며 적홍의 창을 낚아챘다.

"뭔데 그렇게 놀라냐? 나도 좀 보자."

"어, 어……."

"왜 이래? 꼭 좋은 아이템 처음 본 것처럼."

"……."

"쯧쯧."

불곰은 혀를 차며 옵션을 확인했다.

"어……?"

한참을 멍하니 있던 불곰이 갑자기 무혁에게 다가와 90도로 고개를 숙였다.

"무혁 님! 존경합니다! 저도……. 부탁을 좀 드려도 될까요? 형님으로 모시겠습니다! 형님! 저도 한 자루만 만들어주십시오!"

"하하……."

"형님! 이 녀석보다 의뢰금도 더 많이 드리겠습니다!"

난감해진 무혁은 그저 웃을 뿐이었다.

⁎

게펜에게 5만 골드를 받았다.

후우.

아모르서스의 창까지 합한다면 16만 골드가 넘어갔다.

일루전 주식이나 사야지.

물론 지금은 현금으로 전환할 수 없었다.

흐음, 그럼 더 벌어볼까.

불곰의 의뢰도 진지하게 고민 중이었다.

"무혁 지휘관님."

"아, 네."

그때 마법사가 수정구를 내밀었다.

"아뮤르 공작님의 지시입니다."

직후 빛이 터지며 아뮤르 공작이 나타났다.

그가 내리는 지시 사항.

"알겠습니다."

-잘 부탁하네.

"걱정 마십시오."

인사를 마친 후 몸을 일으켰다. 마침 배도 멈췄으니까.

카이온 대륙의 최남단, 육지에 발이 닿는 순간 무혁의 표정이 서늘해졌다. 나머지 유저들이 배에서 내릴 때까지 기다린 후 마법사의 힘을 빌려 목소리를 증폭시켰다.

"지금부터 적진입니다. 유저로 보이는 이들은 보이는 즉시 죽이겠습니다. 단, NPC로 추정되는 이들은 그냥 보내도록 하겠습니다."

유저들 전부 고개를 끄덕였다.

지금도 일루전의 세계에서 나온 인원들이 무혁을 촬영하는 상태였다. 방송을 할 때마다 NPC에 대한 논란이 튀어나오는 상태였으니 굳이 그들을 죽여서 분노의 화살을 맞을 필요가 없었다.

"5㎞ 정도 떨어진 곳에 소도시가 있다고 합니다. 거기부터 치겠습니다."

누군가를 즐기기 위해, 누군가는 아이템이나 귀족의 자리를 위해, 누군가는 싸우기 위해. 5천 명의 인원이 각자의 의지를 품은 채로 걸음을 내디뎠다.

최남단에 위치한 루부하나 소도시. 그곳이 목적지였다.

그러나 얼마 가지 못해서 무혁은 표정을 굳히며 자리에 멈춰 섰다.

대비를 했어.

스컬 스네이크의 시야로 다수의 유저가 보인 까닭이었다.

스윽.

가볍게 손을 들어 올리자 뒤쪽에 있던 마법사가 뒤쪽으로만 소리가 전달되는 부분 증폭 마법을 사용했다.

"숲 곳곳에 숨어 있는 적대 유저 발견."

그에 유저들의 조금은 가벼웠던 분위기가 반전되었다.

묵직해지고, 뜨거워졌다.

그 장면을 찍는 일루전의 세계, 관계자들은 물론이고 무혁의 근처에 위치하고 있던 유라도 긴장한 기색이었다.

"숲이 꽤 크고 함정이 있을 수 있으니 철저하게 조사부터 하겠습니다. 탐색에 유용한 소환수나 아이템이 있으면 사용해 주십시오. 파악한 정보는 곧바로 저한테 알려주시길 바랍니다. 나머지 분들은 잠시 대기하겠습니다."

탐색은 순식간에 끝났다. 생각보다 관련된 직업군이 많은 덕분이었다.

"숲 곳곳에 적대 유저가 꽤 있네요. 뭐, 소문이 안 날 수가 없긴 하죠. 아마도 꽤 대비를 했을 겁니다. 다행히 NPC로 보이는 병사나 기사는 없군요."

그리고 잠시 생각에 잠긴다. 옆에 있던 기사를 쳐다보며 조언을 구했다. 지켜보던 마법사가 증폭 마법을 끊었을 때, 기사가 대답했다.

"소수 정예로 돌파하는 게 좋을 것 같습니다."

"왜죠?"

"괜히 이방인 전부가 속도를 맞춰 느리게 진군해 봐야 의미가 없습니다. 숲에서 기다리는 이들과 쓸데없는 견제 시간이 늘어날 뿐이니까요. 그렇게 시간을 끌면 적들의 지원군이 몰려들 가능성도 있습니다. 그러니 정예로 빠르게 돌파한 후 정상에서 적군을 혼란에 빠뜨리는 것이 좋을 것 같습니다."

"으흠."

기사의 말은 확실히 일리가 있었다. 게다가 또 다른 이득도 있다. 공헌도를 더 많이 먹을 수 있게 되는 것이다.

실력에 자신이 있고, 또 욕심이 난다면 선두에 나설 것이고 그게 아니라면 후미를 택하리라.

"좋은 의견, 감사합니다."

"별말씀을요."

기사의 의견을 유저들에게 전했다.

"속도나 돌파에 자신 있는 유저들은 앞으로 나서주세요. 빠르게 정상까지 올라간 후 사방에 위치한 적대 유저를 견제할 것입니다. 그 사이, 나머지 유저들은 아래에서부터 치고 올라오도록 하죠."

그 말을 끝으로 앞으로 나아가는 무혁. 꽤 많은 유저가 따라붙었다.

그러다 잠깐 멈춰 고개를 돌려 예린을 쳐다봤다.

"천천히 올라와. 지연이랑 같이."

"응, 알겠어."

성민우 역시 김지연과 가볍게 인사한 후 무혁을 따라갔다.

"크으, 이제 놀아볼까나."

"좋지."

무혁은 웃으며 품에서 백마군의 붉은 단검을 꺼냈다.

적당히 가까워졌을 무렵. 진화를 거친 27마리와 거치지 못한 23마리. 총 51마리의 기마병을 소환했다.

암흑 치유의 정령 소환.

"속도 높여서 정상까지 돌파하겠습니다."

기마병이 달리기 시작했다.

파바바밧.

그 뒤를 유저들이 쫓았다.

"적이다!"

들려오는 적대 유저의 목소리.

"막아!"

"이 새끼들이, 죽으려고!"

그러나 달려오는 것은 유저가 아니라 아머기마병이었다. 공격을 퍼부어도 그들이 대신 맞아주는 상황이었다.

콰과과광!

무엇보다도 치유의 정령 덕분에 쉽게 죽지 않았다.

"시발, 뭐 하는 거야! 막으라고!"

사방에서 유저들이 모여든다.

포위당하기 전에……!

아머기마병, 전원 돌진!

순간 가속하는 기마병의 뒤를 바짝 따라붙었다.

윈드 스텝!

기마병 뒤에서 전방을 예리하게 살폈다. 한 점이 되어 뻗어 나가는 상태였기에 어렵지 않게 뚫고 나아가는 중이었다.

하지만 좌우에서 다가오는 이들까지 막아낼 순 없었다.

갑작스레 날아오는 화살이나 마법이 훼방을 놓았다. 피할 수 있는 마법은 가능하다면 무조건 피했고, 아닌 것은 방패로 막아냈다. 화살 역시 피하거나 어쩔 수 없는 것들만 단검으로 쳐 냈다. 상황이 여의치 않은 경우 기마병을 희생하기도 했다.

"파이어 스톤!"

그 순간 하늘에서 불꽃의 운석이 떨어졌다.

고서클의 마법. 준비하는 시간은 길지만 한 번 사용하면 광범위한 곳에 거대한 피해를 입히는 공격이었다.

"이런……!"

어찌해야 하나, 고민하는 순간.

"불곰!"

"알았다고! 으라차차!"

뒤쪽에 있던 창술사 게펜이 불곰의 도움을 받아 허공으로 날아올랐다. 그러곤 푸르게 물든 칭을 앞으로 뻗었다. 창날에서 쏟아진 기운이 불꽃의 운석을 갈라 버리니 열기로 가득했던 기운이 흔적도 없이 소멸되었다.

반탄력에 아래로 떨어지는 게펜. 자연스럽게 착지한 그가 동료들과 함께 무혁의 좌측에 따라붙었다.

호오, 상당한데.

확실히 최상위에 랭크된 것에 부끄럽지 않은 실력이었다.

콰창!

우측에선 성민우가 날아드는 창을 너클로 쳐냈다. 뒤쪽 유저들 역시 한 사람의 역할은 충분히 해줬다. 확실히 실력에 자신이 있는 이들만 나온 모양이었다. 덕분에 기마병을 조금 더 여유롭게 지휘할 수 있었다.

생각보다 든든한걸.

막아서는 적대 유저를 끊임없이 뚫어내며 정상을 향했다.

돌파가 거듭될수록 공격에 익숙해졌다. 덕분에 속도가 붙었다. 그 탓에 카이온 유저들은 따라갈 생각도 하지 못한 채 자리를 지킬 뿐이었다. 일부 유저가 다급히 외쳤지만 움직이는 자는 그리 많지 않았다.

"막아, 어서! 잡으라고!"

"지랄하네. 쫓아서 뭐 하려고? 그럼 아래에 있는 놈들은?"

"너, 뭐야. 새끼야."

"뭐긴, 유저다, 병신아."

"하, 나 조장이거든!"

"어쩌라고. 결국 각자 움직이는 거지."

그러곤 본래 자리로 돌아갔다.

"이것들이⋯⋯!"

조장의 말에 대부분의 유저가 고개를 젓는다.

"젠장!"

결국 포기한 채 그 역시 자리로 돌아갔다.

"밑에 본진이나 기다리자고."

"공헌도 올리려면 그게 최고지."

그들 모두가 이제 곧 올라올, 포르마 대륙의 본진을 내려다봤다.

정상에 도착한 무혁이 비릿하게 웃으며 주문서를 찢었다.

[숭고한 전투 주문서가 사용되었습니다.]

[결계가 설치되었습니다.]

[아군을 파악합니다.]

[적군을 파악합니다.]

[한쪽이 몰살될 때까지 결계는 사라지지 않습니다.]

[로그아웃을 시도할 수 없습니다.]

직후 나머지 스켈레톤을 불러냈다.

키릭, 키리릭.

나타난 놈들을 바라보며 데스 스켈레톤 소환을 사용했다.

[데스 스켈레톤을 소환하기 위해선 재물이 필요합니다.]

[어떤 재물을 사용하시겠습니까?]

[데스 스켈레톤(200마리)를 소환하셨습니다.]

소환만으로 끝내진 않았다.

데스 스켈레톤 강화. HP가 줄어든 아머기마병을 제물로 삼아 데스 스켈레톤을 강화시켰다.

[데스 스켈레톤의 모든 능력치가 소폭 상승합니다.]

한층 강해진 데스 스켈레톤을 사방으로 퍼뜨렸다. 생각보다 날렵한 움직임으로 곳곳에 위치한 카이온 대륙 유저에게 들러붙어 주먹을 내뻗었다. 스킬, 연속 찌르기를 사용해 적당한 피해를 입힌 후 바로 스스로의 몸을 터뜨렸다.

갑작스러운 공격에 미처 대응하지 못한 적대 유저가 뒤로 튕겨 나갔다. 정신을 차리지 못한 그에게로 뼈화살이 무수히 날아들었다.

캉, 카캉!

결국 공격을 버티지 못한 채 희미하게 사라졌다.

쾅, 콰과광!

그런 상황이 곳곳에서 벌어졌다.

"자, 자폭이야! 미친!"

"시발, 다 피해!"

뒤늦게 카이온 유저들이 놀라며 몸을 이리저리 빼기 시작했다.

그러나 뼈 화살은 여전히 끝없이 쏟아졌고 그것만으로는 부족했는지 다수의 마법 역시 날아들었다.

"크윽!"

잠시 멈칫하는 사이.

자폭.

데스 스켈레톤이 달려들어 적대 유저를 집어삼키기 시작했다.

예상치 못한 일이 정상에서 벌어졌다. 기다리던 포르마 대륙의 유저가 올라오는 대신 정상에 있던 카이온 대륙의 유저가 기겁한 표정을 지으며 내려오고 있었던 것이다.

"뭐야? 저것들은 왜⋯⋯?"

"뭔 일이야!"

"아니, 설마 도망치는 건가?"

"장난하나, 저것들이!"

그 순간 대기하던 포르마 대륙의 유저가 움직였다.

"집중해! 올라오잖아!"

"젠장⋯⋯!"

머지않아 상황을 파악할 수 있었다.

"미친, 스켈레톤이 자폭한다고!"

"뭐⋯⋯?"

"대미지도 장난이 아니야!"

정보가 이제 막 전달된 순간, 튀어나온 데스 스켈레톤 다수가 카이온 대륙의 유저를 덮쳤다. 거대한 폭음과 함께 몇 명의 유저가 죽어버렸고, 그 모습을 보고서야 상황의 심각성을 깨달았다.

"우리도 도망쳐야 하는 거 아냐?"

"새끼야, 어디로?"

그제야 완벽하게 깨달았다. 기회라 여겼던 매복 장소가 죽음의 수렁으로 바뀌어 버렸음을.

"그래, 로그아웃하면 되잖아!"

"멍청한 새끼. 되겠냐?"

"주문서로 벌써 막혔잖아!"

악담에 한 명의 유저가 웃었다.

"병신들."

"뭐?"

"저게 돌았나."

그러나 웃음을 멈추지 않은 채 인벤토리에서 주문서 하나를 꺼냈다.

"잘 뒈져라, 크크큭."

그걸 찢어버리자 새하얀 빛이 그를 감쌌다.

"로그아웃!"

그러곤 게임을 벗어났다.

"뭐, 뭐야. 어떻게 된 거야!"

"하, 미친. 저걸 갖고 있네."

"뭔데, 저게?"

"생존 주문서잖아!"

"생존 주문서……?"

"그런 게 있어. 숭고한 전투 주문서도 무용지물로 만드는."

"미친……."

돈으로는 결코 살 수 없는. 오직 귀족과 연줄이 있어야만 거우 몇 개 구할 수 있는 생존 주문서였다.

⬤

바삐 움직이며 단검을 최대한 활용했다.

[스탯, 체력(0.0218)이 상승합니다.]

적대 유저를 죽일 때마다 스탯이 상승한다. 그 재미에 쉴 수가 없었다.

"후아."

잠시 호흡을 가다듬고 다시 돌진했다.

쾅, 콰광!

날아드는 공격을 방패로 막아낸 후.

파워 대시.

유저에게 접근하여 단검을 그었다.

풍폭, 십자 베기.

한 명을 죽이고 몸을 틀었다.

백호보법.

근처에 위치한 이들을 단검으로 처리한 후.

파괴자의 돌진.

먼 곳에 위치한 유저에게 쏘아졌다.

[스탯, 지혜(0.0218)가 상승합니다.]

정신없이 휘몰아치는 상황.

"야, 끝났어."

"어?"

성민우의 말에 주변을 둘러봤다. 적이 남아 있지 않았다.

"벌써?"

"어. 미친 듯이 죽이더만."

"크흠……."

무혁은 헛기침한 후 올라오는 예린에게 다가갔다.

"고생했어."

"오빠두!"

"좀 쉴까?"

"아니, 우린 괜찮아. 딱히 한 것도 없고."

"그러면……."

뒤를 돌아보니 정상으로 향한 정예 인원도 크게 지친 느낌
은 아니었다.

"바로 출발하자고."

곧바로 산을 넘어갔다.

"저기지?"

"아마도."

머지않아 첫 번째 목적지, 루부하나 소도시에 도착했다. 소수의 적대 유저를 가볍게 물리친 후, 가장 높은 건물에 포르마 대륙을 상징하는 깃발을 꽂았다.

무혁은 마법사를 바라보며 몇 가지를 물었다.

"진격해야 하는데 여긴 어떡하죠?"

"걱정하지 않아도 됩니다. 포르마 대륙의 병사들이 오고 있으니까요."

"병사들이요?"

"네, 이 정도 인원으로 카이온 대륙을 정복할 수 있겠습니까. 2차는 물론이고 3차, 4차 병력까지 준비 중입니다."

"아……!"

"그들이 이곳을 지킬 것입니다."

장난이 아니구나.

새삼 이번 전쟁의 거대한 규모를 실감하는 순간이었다.

일단은 루부하나 소도시에서 휴식을 취하기로 했다.

추가 병력도 와야 하니까.

그때까지는 대기해야 하는 상황이었기에 시간을 보낼 무언가가 필요했다.

강화나 해야겠다.

망치를 인벤토리에서 꺼내는 순간.

"형니이이이임!"

불곰 유저가 무혁에게 다가왔다.

"네……?"

"하하, 말 편하게 하십시오!"

"지금이 편해서요."

"아이고, 형님……! 그러시면 제가 더 편해질 수 있도록 열심히 보필하겠습니다!"

무혁이 피식하고 웃었다.

"괜찮습니다."

"저야말로 괜찮습니다, 형님!"

"자꾸 그러시면 강화 안 해줍니다."

"예? 그, 그럼……."

"하아, 게펜 님이랑 동일한 액수로 하죠."

"감사합니다! 감사합니다!"

굳이 돈 버는 일을 마다할 필요는 없었다. 시간도 있고.

"그럼 계약서 작성하고 무기 주시죠"

"알겠습니다!"

일사천리로 일을 진행한 후, 받은 무기를 내려놓았다.

카앙!

망치를 휘둘러 강화 작업을 시작했다. 물론 시간을 전부 할애하진 않았다. 중간중간 충분히 쉬어줬고 예린과 맛있는 음식도 해먹었다.

마법사에게 후속 병력이 언제 도착할지도 확실하게 파악을 해뒀다. 잠깐 틈을 내서 알베타르의 재능을 사용할까도 싶었지만 조금 미루기로 했다. 기회가 한정되어 있으니까.

충분히 고심해야 할 문제였다.

자, 그럼 다시.

그러고서야 불곰의 무기 강화를 이어 나갔다.

캉, 카앙!

최소 9강, 최대 10강을 목표로 하는 상황이었기에 시간을 꽤나 잡아먹었다. 결국 후속 병사가 루부하나 소도시에 도착하고서야 작업을 끝마칠 수 있었다.

"후, 9강이네요."

"감사합니다!"

불곰 유저가 급히 무기를 확인했다.

[타라호프의 너클+9]

공격력은 확실히 낮았지만 나머지 옵션들은 정상적인 범위를 확실하게 벗어난 상태였다.

올스탯 50. 힘, 민첩, 체력만 150씩 증가해 버리는 무기였으니까.

"가, 감사합니다……!"

"뭘요."

"여기 5만 골드입니다."

그 모습을 근처에서 지켜보는 다른 유저들의 눈동자에 욕망이 타오른다. 저들 역시 무혁에게 강화를 받고 싶은 것이리라.

하지만, 여기까지. 이젠 무혁 본인이 착용한 아이템을 강화해야 할 차례였으니까.

나도 스펙 업 좀 해야지.

물론 여기서는 불가능했다. 이제 이동해야 할 때였으니까.

"무혁 남작님."

"아, 네."

"이제 출발하셔야 합니다."

"그래야죠. 민우야!"

"어."

"로그아웃한 유저는?"

"내가 나가서 문자 보내고 올게."

성민우가 로그아웃을 했고. 얼마 후 다시 접속했다.

"다들 지금 접속할 거야."

"땡큐."

고개를 돌려 마법사를 쳐다봤다.

증폭 마법을 걸어주는 그.

"자, 다들 모여주십시오! 다음 목적지로 출발하겠습니다!"

유저들이 사방에서 튀어나왔다. 이제 막 접속하는 이들도 보였고.

충분히 기다려 준 후.

"인원 파악하겠습니다."

마법사의 마법을 활용해 인원을 체크했다.

"어떻죠?"

"인원은 정확합니다."

"좋습니다. 모두 왔으니 출발하겠습니다."

위쪽으로 올라가면 나타나는 작은 마을. 그 마을 2개를 거치고 나면 카이온 대륙에서도 꽤 크다고 할 수 있는 뷰자켄 왕국이 나온다. 현재 그곳을 치기 위해 다른 방향에서 거리를 좁혀오는 3개의 그룹이 있다.

아뮤르 공작이 이끄는 군단과 유저로 이뤄진 2개 그룹. 그들과의 만남에 늦지 않기 위해서라도 서두를 필요가 있었다.

"속도 올리겠습니다."

가는 길에 만나는 사냥하는 카이온 유저들이 보인다.

"뭐야? 포르마 대륙 유저?"

"어쩌지?"

"너무 많잖아, 그냥 빠져."

길을 비켜주는 이들은 무시했고.

"아, 남의 대륙에서 뭐 하는 것들이야!"

버티거나 시비를 거는 사들. 혹은 맞서려는 이들은 한 치의 망설임도 없이 도륙했다.

마을 두 개를 완벽하게 점령한 후 유저들은 로그아웃을 했다. 물론 후속 병사들이 도착해 경계를 서준 덕분이었다.

"내일 보자."

"오빠, 잘 자."

"그래."

무혁을 제외한 나머지 일행도 게임에서 나갔다.

흐음, 오전 10시 30분이라.

시차로 인해 낮밤이 바뀐 탓이었다.

지금 나가봐야 잠도 들지 않으리라.

무혁은 남기로 했다.

이제 조용하게 강화나 좀 해야지.

착용하고 있는 무구를 살폈다. 지금 시점에서는 썩 좋다고만은 할 수 없는 것들이었다. 꼭 필요한 것들, 예를 들어 그로이언의 세트 아이템이나 흑백 세트 아이템, 그리고 민소매 티셔츠를 제외한 나머지를 전부 벗어버렸다. 곧바로 경매장 시스템을 오픈하여 착용할 만한 방어구를 훑어봤다.

이건 주 옵션이 좋긴 한데. 보조 옵션이 너무 아쉬웠다.

패스.

무혁은 보조 옵션을 올리고 싶었다.

충격 흡수율이 있으면 최고겠지.

현재 착용한 민소매 셔츠처럼 말이다.

그걸 강화한다면?

충격 흡수율이 높아질 것이고, 보다 더 단단해지리라.

모든 스탯도 붙어야겠고 스탯의 상승은 소환수 전력의 상승으로 이어진다.

생각만 해도 엄청나잖아.

장인의 강화가 얼마나 뛰어난 것인지 새삼스럽게 느끼는 중이었다.

오, 이거 괜찮은데.

하나씩 아이템을 구매했다. 금액은 신경 쓰지 않았다. 지금 인벤토리에 있는 골드만 20만이 넘었으니까.

무려 20억. 그렇기에 강화된 아이템이 아니라면 아무리 좋더라도 조금도 부담되지 않는 것이다. 보조 옵션이 가장 뛰어나다 싶은 아이템 몇 개를 구매한 후 그것들을 착용했다.

이제 강화를 해야 하는데.

가장 먼저 민소매를 선택했다.

현재 4강. 일부러 실패를 거듭하여 강화도를 0으로 만드는 게 우선이었다. 전에도 장인의 강화를 사용하긴 했지만 보조 옵션과 주 옵션의 비율을 반반으로 했던 까닭이었다.

이번에는 온전하게 보조 옵션에만 치중할 생각이었다.

자, 이제 해볼까.

빠르게 0강까지 떨어뜨린 후, 강화 작업을 이어 나갔다.

[촉촉하게 들러붙는 민소매 티셔츠+8]

전설의 가디언이라 불렸던 한 사내는 자신의 몸이 큰 것을 언제나 자랑으로 여겼다.

그래서 온갖 좋은 재료로 스스로의 몸에 딱 달라붙는 여러 가지 티셔츠를 만들어냈다.

대부분이 성능 면에서는 실패작이었지만 그래도 예외는 있는 법이던가.

단 하나의 성공작을 만들어냈으니 그것을 민소매라 명명하리라.

방어력 15(+9)

마법 방어력 +20(+12)

체력 +5(+21)

충격 흡수 +8%(+26%)

내구도 400/400

사용 제한 : 힘 40, 민첩 40, 체력 70.

무혁의 입꼬리가 올라갔다.

충격 흡수만 34퍼센트. 비록 주 옵션인 방어력과 마법 방어력의 상승 수치는 낮았지만 대신 충격 흡수와 체력을 극단적으로 높일 수 있었다. 특히 갑옷 안에 착용할 수 있는 티셔츠 종류 중에서 민소매 티셔츠보다 좋은 옵션은 없었기에 충분히 만족스러웠다.

민소매, 착용.

[충격 흡수율은 90%를 넘어설 수 없습니다.]

결국 아무리 충격 흡수율을 높여도 90퍼센트가 한계라는 소리였다.

흐음, 아쉽긴 한데…….

사실 이런 제약이 없다면 100퍼센트에 도달해서 대미지를 전부 흡수시킬 문제가 생기게 되기에 금방 받아들일 수 있었다.

그래도 90프로가 어디야. 1만의 대미지를 받아도 1천의 HP만이 깎이게 되는 것이다.

아니지, 방어력까지 감안하면…… 그보다 더 적은 피해만 입게 되리라.

게다가 또 한 가지 장점이 보였다.

방패를 제외하고 90퍼센트를 달성한다면?

더 이상 방패로 공격을 막아낼 이유가 사라진다. 그것만으로도 운신의 폭이 급격하게 넓어질 것이 분명했다.

그럼 이번엔 갑옷 차례네.

곧바로 그로이언의 갑옷을 벗은 후 0강으로 강화도를 떨어뜨렸다. 민소매와 마찬가지로 보조 옵션과 주 옵션을 적당한 비율로 맞춰 올린 탓에 만족스럽지 않은 까닭이다.

캉, 카앙!

시간은 흘러, 어느새 새벽 1시가 되었고.

"후아."

8강에서 만족하며 작업을 중단했다.

[그로이언의 갑옷(3차 성장)+8]

충격 흡수가 무려 30퍼센트였다. 민소매까지 더한다면 총 64퍼센트가 된다.

여기서 끝이 아니지.

무혁은 웃으며 구입했던 아이템 중에 하나인 강철 부츠를 꺼냈다. 여기에도 충격 흡수가 붙어 있었기에 이것까지 강화한다면 더 이상 방패를 사용하지 않아도 될 것 같았다. 물론 방패에 붙은 옵션도 충분히 스펙 상승에 도움이 되니 사용만 하지 않을 뿐, 등에는 항상 달아둘 생각이었다.

스킬을 사용하는데 푸른색의 점을 보는 순간 팔에서 힘이 빠졌다.

"으음."

꽤나 피곤했던 까닭이었다.

자고 해야겠다.

⬤

저녁 8시.

게임에 접속한 무혁은 곧바로 강철 부츠를 강화했다.

[칭호의 효과로 강화 성공 확률이 상승합니다.]
[장인의 강화에 성공하셨습니다.]

사람들이 서서히 접속한 탓에 시끄러워졌지만 애써 집중하며 작업을 이어갔다. 그렇게 1시간 정도가 흘렀을 무렵, 망치를 내려놓았다.

후, 힘드네.

벌써 대부분의 유저가 접속을 한 모양이었다.

별수 없지.

일단은 7강에서 멈춘 후 강철 부츠를 바로 착용했다. 이걸로 충격 흡수율은 89퍼센트가 되었다.

지금은 이거면 되겠어.

활이랑 지팡이도 좋은 걸 구하긴 해야겠지만, 일단은 단검을 위주로 사용하게 될 테니 급하게 바꿀 필요는 없었다.

"후, 끝이다."

"오빠? 뭐가 끝이야?"

"어, 왔어?"

"응! 근데 뭐가 끝인데?"

"어, 방금 내가 사용할 방어구 좀 강화했거든. 그거 다 끝났다구."

"우와, 드디어? 진작 오빠가 사용할 아이템부터 제대로 강화를 했어야지."

"그, 그렇지."

"이제라도 해서 다행이긴 하네."

"하하……."

예린의 말에 무혁이 어색하게 웃었다.

마침 구원군, 성민우가 도착했다.

"여, 뭐 하냐?"

"어, 내 아이템 강화를 좀……."

"허얼, 뭐야. 아직도 안 했던 거냐? 난 네가 쓸 아이템부터 한 줄 알았더니."

"어, 그게……."

"일단 본인 스펙부터 높여야지. 그게 정상 아니냐?"

알고 보니 구원군이 아니었다.

"앞으론 내 아이템부터 꼭 챙기마……."

"당연한 걸, 무슨."

"크흠."

사실 멍청하긴 했다. 한참 전에 이렇게 했어야 할 일이었다. 돈을 벌겠다고 판매할 아이템만 강화하고, 용병 유저들의 무구나 강화해 주고, 스켈레톤의 무기와 방패 강화에만 시간을 쏟아버렸다.

무혁의 스펙을 높이는 것이 가장 효율적이었음에도 불구하고 말이다.

조금 늦긴 했지만…… 이제라도 강화를 해서 다행이었다.

"도대체 왜 이제 한 거냐?"

"어, 글쎄. 그냥 대미지라든가, 생존력이 크게 부족하지 않으니까……."

"까먹고 있었다, 이거지?"

"반 정도는……."

"에휴."

그렇게 한마디를 더 들은 무혁은 자리를 피하듯 급히 마법사를 찾아갔다.

"마침 찾아뵈려고 했습니다."

"아, 그래요?"

"네. 직접 대화하기를 원하십니다."

그가 내민 구슬이 빛을 뿜어냈다.

-무혁 준남작.

"예, 아뮤르 공작님."

아뮤르 공작이 진중한 표정으로 말을 이어갔다.

-뷰자켄 왕국을 칠 시간이 되었네.

"기다리고 있었습니다."

무혁이 웃으며 대답했다.

아뮤르 공작의 군단, 유저로 이뤄진 3개의 그룹.

전력은 충분했다.

-주변에 사람을 다 물리게.

"마법사도요?"

-그렇게 하게.

"알겠습니다."

마법사는 불만을 표하지 않은 채 자리를 비켜줬다.

-일단 한 가지 사실부터 알려주겠네. 이방인으로 이뤄진 한 그룹이 더 추가가 되었다네.

본래 3개였으니…….

"그럼 이방인 그룹만 총 4개군요."

전력이 더 강력해졌다.

-그렇지. 지금부터 계획을 알려주도록 하겠네.

"경청하겠습니다."

-처음에는 단순하게 몰아붙일 것이네. 만약 그대로 돌파가 가능하다면 점령을 할 것이지만 사실상 어렵다고 보고 있네. 성벽도 높고 충분한 대비도 되어 있을 테니까. 그때부터 이방인으로 이뤄진 그룹은 넓게 포위망을 형성해 주게. 아니, 차단막이라고 해야 되겠군. 혹시나 올지도 카이온 대륙의 지원군을 막아줬으면 하네. 단, 2개의 그룹씩 나누어 휴식도 충분히 취하도록 하게나.

"휴식을 말입니까?"

-최대한 잠을 자두는 걸 추천하겠네. 그래야 진짜 작전을 펼칠 수 있으니까.

"그 말씀은……. 새벽에 공격을 가한다는 건가요?"

-맞네. 뷰자켄 왕국에 있는 이들 역시 이방인이지 않은가. 그들이 가장 취약해지는 시간을 노려 공격을 감행할 것이네. 내가 미리 준비한 것도 있으니 충분히 먹힐 것이라고 보네.

아뮤르 공작의 자신감이 눈으로 보이는 것만 같았다.

직접 준비한 거라?

궁금했지만 굳이 물어보지 않았다.

-그럼 뷰자켄 왕국으로 오게.

"네, 출발하겠습니다."

-참, 내가 지금 말한 것은 일단은 비밀로 하게. 그 상황에 직면했을 때 지시가 방금 떨어졌다 말하고 이방인을 끌어주게나.

"알겠습니다."

연락을 끊고 바로 건물을 빠져나갔다.

기다리는 마법사와 기사.

"이야기는 잘하셨는지요."

"네, 이제 출발해야 하니 같이 가시죠."

그들을 대동한 채 유저들을 불러 모았다. 인원을 체크한 후 뷰자켄 왕국이 있는 북동쪽 방향으로 나아갔다. 역시나 이번에도 사냥에만 집중하는 카이온 유저는 무시했다. 사실상 이런 대군에 덤벼들 바보도 그리 많지 않았고.

물론 때때로 상식을 초월한 유저가 존재하기도 하는 법.

"어차피 게임이잖아! 난 스트레스 받아서 안 되겠다, 젠장!"

사실 죽어도 상관이 없으니, 덤비는 것이었다. 그런 이들은 철저하게 짓밟았다.

"이런, 젠장……."

쏟아지는 공격에 순식간에 녹아버렸다.

드넓은 초원 너머. 뷰자켄 왕국이 보였다.

"성벽이 높은데?"

"왕국이니까."

무혁은 스컬 스네이크를 보내어 가능한 한도 내에서 탐색을 실시했다. 머지않아 아뮤르 공작이 이끄는 대군이 보였지만 아직 유저로 이뤄진 그룹은 보이지 않았다.

무혁은 마법사를 보며 몇 가지를 물었다.

"다른 그룹은 아직인가요?"

"그런 것 같습니다."

"흠, 공작님께서 다른 지시를 내린 건요?"

"딱히 없습니다."

"그럼 대기하고 있으면 되겠네요."

"네."

무혁은 유저들에게 대기를 명령한 후 보조 옵션이 뛰어난 방패와, 장갑, 투구를 구입하여 강화를 시작했다. 시간이 많지 않은 관계로 5강까지만 올려놓은 후에 상황을 다시 한번 살폈다.

2개의 그룹이 도착한 상황. 아직 1개 그룹이 없었다.

무혁은 기존에 구매해 뒀던 천궁과 트롤 킹의 가죽 갑옷도 강화했다.

[강화도 : 12%]

그것들을 각 5강씩 만들고 다시 착용할 방패, 바지, 장갑과 투구를 6강까지 올렸을 때.

"전부 도착했습니다."

"아, 그래요?"

마법사의 말에 작업을 중단하고 강화한 아이템을 전부 착용했다. 한순간 스탯이 급증했다. 무혁 본인의 스탯에 영향을 받는 소환수들 역시 당연히 훨씬 강해졌을 것이다.

"으차."

몸을 일으킨 후 마법사를 쳐다봤다.

"지시 사항은요?"

"공작님께서 지금 바로 뷰자켄 왕국의 정문 방향으로 오라고 합니다."

"알겠습니다."

유저들과 함께 정문이 보이는 곳으로 나아갔다. 그곳으로 유저들 그룹과 아뮤르 공작의 대군이 모여들었다. 자연스럽게 그 모습을 지켜보고 있을 뷰자켄 왕국의 내부도 혼란스러우리라. 그래서인지 벌써부터 성벽 위로 유저들이 자리를 잡기 시작한다.

"이야, 많기도 해라."

"상당하네."

성민우와 무혁은 대수롭지 않게 쳐다봤다.

"오빠, 점점 많아지고 있어."

예린은 조금 걱정스러운 표정이었고.

"괜찮아. 우리도 많잖아."

"으응. 그렇긴 하지."

약간 불안해 보이는 예린의 모습을 가만히 바라보던 무혁은 최대한 시간을 내서 그녀와 성민우, 그리고 김지연의 아이템도 조금 바꿔줘야겠다는 생각을 했다.

그래, 큰돈 벌었으니까. 가족들에 대한 선물도 준비하고.

속으로 웃음을 지으며.

"일단 가자."

지휘관의 입장으로, 유저들을 이끌었다. 정문 방향에 도착하자마자 아뮤르 공작에게 다가갔다.

다른 그룹의 지휘관도 모인 상태.

"앞서 지시를 했으니, 그에 맞춰 적당하게만 상대해 주도록 하게. 그러다 저항이 심하다 싶으면 물러서도 좋네."

"예!"

"알겠습니다."

"고생해 주게."

지휘관은 각자 자리로 돌아간 후.

뿌우우.

공격 신호에 맞춰 돌격했다.

"출발!"

순식간에 무혁 주변으로 유저들이 자리를 잡았다. 성민우는 우측, 예린과 김지연은 뒤쪽, 좌측에는 게펜과 불곰, 그 뒤에 한방이다와 꽃잎, 극딜까지. 나머지 실력 좋은 유저들 역시 빠른 속도로 따라붙고 있었다.

"으랴아아아아!"

"드디어 좀 싸우겠네!"

"오오!"

흥분한 유저들 덕분에 기세도 올랐다. 그러나 성벽은 높았다. 위에서 아래로 공격하는 만큼 사거리가 길어질 수밖에 없었다.

벌써부터 원거리 공격이 쏟아지기 시작했다. 각종 마법과 화살들이 하늘을 빼곡하게 채웠다. 그러나 달려가는 것을 멈추는 유저는 없었다. 이곳으로 오는 길에 무혁의 계획을 들었던 탓이었다.

적들이 쏘아낸 마법과 화살이 충분히 가까워졌을 무렵, 한 줄기 바람이 불어와 전방에 자리를 잡았다.

무혁이 소환한 스켈레톤 대군.

근력 증가, 체력 증가, 전장의 광기.

[주변 적대 유저의 능력(10퍼센트)이 하락합니다.]
[주변 아군의 힘(10)이 상승합니다.]
[주변 아군의 체력(10)이 상승합니다.]
[주변 아군과 소환수의 모든 능력치(5퍼센트)를 상승시킵니다.]
[주변 적대 유저의 모든 움직임(10퍼센트)이 하락합니다.]

한층 강해진 스켈레톤이 날아드는 마법과 화살을 대신해서 맞았다.

"달려어어어!"

"가자고!"

"우와아아아아아!"

무혁은 그 와중에도 바쁘게 손을 놀렸다.

데스 스켈레톤 소환. 재물은 공격을 받아 HP가 바닥을 치기 시작하는 일반 스켈레톤들이었다. 직후 역소환 되기 직전의 아머나이트와 아머기마병 몇 마리를 다시금 제물로 삼아 데스 스켈레톤을 강화했다. 순식간에 속도가 빨라진 데스 스켈레톤이 가장 앞으로 나섰다.

녀석에게 탱커 역할을 맡겨놓은 덕분에 무혁이 이끄는 그룹의 유저들은 별다른 피해 없이 성벽과 충분히 거리를 좁힐 수 있었다.

"원거리 유저부터 공격!"

아래에서 위를 노려야 하는 만큼, 아무래도 사정거리가 적들보다 짧을 수밖에 없는 상황이었지만 스켈레톤의 희생으로 이제 공격 가능 거리가 되었다. 준비하고 있던 1그룹 유저들이 각종 마법과 스킬을 토하듯이 뿜어냈다.

허공에서 부딪히는 스킬.

쾅, 콰과과광!

일부는 스치듯 나아가 성벽과 성벽 위의 유저를 가격했다.

[공헌도(2)가 상승합니다.]
[공헌도(1)가 상승합니다.]
[공헌도…….]

1그룹 유저들의 공격에 적대 유저가 죽은 모양이었다.

생각보다 더 좋은데.

숏구치는 공헌도를 보며 무혁도 천궁을 꺼냈다.

먼저, 데스 스페이스.

죽음의 기운이 한곳에 집중되었다.

[해당 공간에 있는 적대 유저 전원의 신체 능력이 20퍼센트 감소합니다.]

직후 시위에 화살을 한 대 걸었다.

갈아먹는 화살비.

데스 스페이스가 내부의 유저를 노리며 시위를 놓았다.

파앙!

하늘로 숏구친 화살이 비처럼 갈라지더니 아래로 무섭게 떨어졌다. 범위가 넓진 않았지만 성벽 위에서 피할 정도로 좁은 것도 아니었다. 게다가 신체 능력이 떨어지면서 움직임도 더뎌졌다. 덕분에 해당 공간 내부에 있던 유저 대부분이 화살에 가격당했다.

피해를 입힌 것은 물론이고, 특수 효과로 적들에게 꾸준한 대미지까지 선사했다.

끝이 아니지.

아직도 선보일 스킬이 많았다.

지진.

HP 500과 MP 300을 소모하여 위치를 지정했다.

성벽 아래 바닥이 크게 흔들렸고 자연스럽게 성벽에 실금이

가면서 비틀렸다. 위에 있던 유저들은 균형을 잃었고, 그사이 떨어진 무수한 공격에 타격을 입었다.

포이즌 오우거, 피어!

오우거가 점프하더니 성벽 위로 피어를 발산했다.

곧바로 부르탄이 뛰어올라 기파를 사용했고.

메이지, 1차 마법!

그들에게로 아머메이지와 유저들의 공격이 또다시 꽂힌다.

메이지, 2차 마법!

아머아처, 파워샷!

계속해서 스킬을 사용해 적대 유저와 성벽에 타격을 입혔다. 일순 성벽이 크게 흔들리고 사방에서 폭음이 터지면서 이대로 무너뜨리나 싶은 순간.

캉, 카가강!

갑자기 은은한 막이 성벽을 모두 휘감아 버렸다.

"허어."

"저거 뭐야?"

카이온 대륙의 마법사 NPC가 본격적으로 움직였다.

◆

실드를 무력화하는 건 생각보다 힘들었다.

"시바, 뭐 이래!"

공격을 시도해도 실드에 막히고, 그사이 적대 유저의 공격에 피해를 입기 시작한다.

스켈레톤을 포함하여 소환 계열 유저들의 소환수 역시 대부분이 죽어버린 상황. 더 이상 방패막이로 사용할 존재도 없었다.

애초 아뮤르 공작이 무리를 하지 말라고 했던바.

"모두 후퇴한다!"

목적에 충실하기로 했다.

"오오!"

무혁의 목소리를 들은 유저들이 빠르게 물러났다. 그에 다른 조도 슬그머니 뒤로 물러나기 시작했다. 그 모습을 확인한 무혁은 방향을 조절하여 다른 그룹과 합류했다.

그들을 이끄는 지휘관을 불러 자리를 만들었다. 다행스럽게도 2, 3, 4그룹의 지휘관이 의견을 먼저 물어왔다.

"음, 그러면 간단하게 1, 2그룹이 1조로. 3, 4그룹을 2조로 하죠."

"상관없습니다, 전."

"저도요."

"좋습니다. 아뮤르 공작님이 말했다시피, 이제 조를 나눠서 움직여야 하는데요. 일단 2조는 쉬도록 하죠. 1조는 흩어져서 이온 지원군을 막도록 하겠습니다. 2시간씩 번갈아 가면서 교대하는 걸로 하면 되겠죠?"

"네, 괜찮네요."

"그럼 바로 1조는 움직일게요."

무혁이 1조에 포함된 2그룹 지휘관을 처다봤다.

"저는 좌측으로 돌아갈 테니……."

"아, 네. 전 그럼 우측으로 돌아갈게요."

의견의 교환을 끝내고 1그룹으로 돌아간 무혁은 그제야 지금부터 해야 할 일을 그룹원들에게 알려줬다.

"지원군이요?"

"네, 그들을 막으면 됩니다. 2시간씩 교대할 겁니다."

"음, 아뮤르 공작님 지시죠?"

"그렇죠."

"그럼 움직여야죠."

곧바로 좌측으로 큰 원을 그리며 나아갔다. 뷰자켄 왕국의 정문에서 경계태세를 취하고 있는 아뮤르 공작의 대군. 그곳을 기점으로 하여 좌, 우측으로 1그룹과 2그룹이 뻗어 나가는 상태였다.

그들은 혹시나 있을지 모를 지원군을 막아내기 위해 경계태세를 유지했다.

"흠, 조용한데."

약 20분이 흘러 소환이 가능해졌을 때.

히드라 소환, 스컬 스네이크 소환.

스네이크를 활용하여 경계 범위를 넓혔다.

"좀 쉬어. 스네이크 보냈으니까."

"오빠, 최고!"

"크, 역시 좋다니까."

무혁은 피식하고 웃으며 시야에 잠시 집중했다.

특별한 건 없고.

그 상태에서 충분히 휴식을 취해줬다. 그사이 다른 소환 계열 유저도 소환수를 불러내어 탐색을 보냈다. 덕분에 한층 여유가 생긴 무혁. 할 일이 줄어드니 지루해지면서 괜히 몸이 쑤셔왔다.

"예린아."

"응?"

"지금 무기하고 방어구 쓸 만해?"

"음. 괜찮아."

"꽤 오래 쓰지 않았나?"

"그렇긴 한데, 뭐……."

"이참에 바꾸자."

"응? 나 지금 돈 없어."

"내가 선물로 줄게. 전에 선물 준다고 했었잖아."

"안 그래도 되는데……."

예린이 괜찮다고 손을 저었지만 무혁은 완강했다.

"전쟁이기도 하고. 또 죽으면 안 되니까."

"으음……."

몇 번이나 거절히는 예린, 하지만 결국 무혁의 고집이 이겼다.

"기다려, 조금만."

"으응."

곧바로 시선을 성민우와 김지연에게 돌렸다.

"너도 아이템 꽤 오래됐지?"

"어어, 그렇지."

"오랜만에 선물이나 해주마."

"진짜……?"

"어."

"크, 난 속물이니까 거절은 안 하마! 아, 그리고 지연이는 성격상 거절할 게 뻔하니까, 그냥 알아서 해줘."

"알았다, 인마."

무혁은 웃으며 경매장 시스템을 열었다.

일단 예린이 아이템부터.

1순위는 생존력이었고. 다음은 모든 스탯이었다.

다람쥐도 소환수니까.

예린의 스탯에 영향을 받기에 모든 스탯은 가장 효율이 좋은 아이템이었다.

이거랑 이거랑 이거…… 로브, 가죽 하의, 가죽 장갑, 가죽 신발, 그리고 머리띠까지. 전부 최상급의 아이템이었다.

그리고 민우도 마찬가지로 모든 스탯이 높으면서 힘, 민첩, 체력이 조금씩 붙어 있는 것 위주로 구입했다.

음, 지연이는…… 사제인 만큼 지식과 지혜가 높아야 했다. 모든 스탯에 지식과 지혜, 덤으로 체력이 붙은 것 위주로 구입했다.

이 정도면 충분하겠네.

경매장 시스템을 끄고 스컬 스네이크의 시야에 집중했다.

먼저 예린의 아이템부터 강화시켰다.

"오빠, 힘들 텐데……."

"힘들긴. 괜찮아."

"음, 그러면 나도 다음에 좋은 거 선물해 줄게!"

"기대할게."

"응!"

그저 그런 마음을 지니고 있다는 것 자체가 너무 예뻤다.

2시간 동안 경계를 했고 2시간은 휴식을 취했다.

"자, 다시 조를 바꿔서 경계태세에 임하겠습니다."

그렇게 번갈아 가면서 6시간을 보냈을 때. 예린과 성민우, 그리고 김지연의 아이템 전부를 최소 7강까지 끌어올릴 수 있었다.

"후, 다했네."

"크, 고맙다!"

"고마워, 오빠……!"

"자, 잘 쓸게."

다음 휴식 타임에는 무혁도 게임에서 나가 낮잠을 청했다.

띠띠띠띠.

알람 소리에 눈을 떴다. 세수를 하고 급히 일루전에 접속했다.

예린이는 없고, 성민우와 김지연도 보이지 않았다.

뭐, 접속하겠지.

일단 촬영에 집중하고 있는 카메라팀으로 향했다.

"별일 없었나요?"

"아, 무혁 씨!"

근처에 있던 유라가 웃으며 다가왔다.

"오셨어요?"

"네, 그보다……."

"큰일은 없었어요. 지원군으로 보이는 무리가 두 번 정도 공격을 오긴 했지만요."

"두 번이나요?"

"네."

"어, 그럼 상황은요?"

"문제없이 아주 잘 물리쳤죠."

그제야 무혁이 안도했다.

"다행이네요."

"걱정도 많으시네요. 큰일 생겼으면 연락이 갔겠죠."

"하하, 그렇긴 하죠."

"뭐, 아무튼 오늘도 좋은 장면은 꽤 건졌네요. 뷰자켄 왕국으로 공격해가는 장면도 상당히 임팩트가 있었고요. 이번 주랑 다음 주 방송분도 기대하세요."

"그럴게요."

"참, 그리고 계약 연장은 안 하세요? 애초에 한 달이라니, 너무 짧게 잡았잖아요. 물론 어쩔 수 없다는 건 알지만요."

"음, 벌써 한 달이 지났나요?"

"당연하죠. 참, 그리고 저희 방송국에서 한 가지 또 제안할

게 있나 보더라구요."

"제안이라면……?"

"그건 삼촌한테 들으셔야 할 것 같아요."

"아, 네."

"로그아웃하면 전화하라고 할게요."

"그러세요."

"그럼 고생하세요. 저흰 잘 찍어드릴 테니까요."

"감사합니다."

무혁은 자리로 돌아갔다. 마법사를 통해 아뮤르 공작과 대화를 나눴고 기사에게서 몇 가지 조언을 들었다.

그사이 성민우와 예린, 김지연이 접속했다.

"10분 뒤에 우리 차례야."

"오케이."

시간에 맞춰 경계조와 순서를 바꿨다. 2조가 휴식을 취한다. 이제 1조가 지원군을 막을 차례였다.

몇 번의 전투가 있긴 했지만 큰 규모는 아니었다.

자잘한 수준이었다. 사실 전투라고 부르기에도 민망했다. 기껏해야 10명, 혹은 20명이었으니.

흐음.

카이온 대륙의 유저가 상황을 아직 잘 모르는 모양이었다.

특별한 일이 없는 이상, 그들이 뭉쳐서 다가오는 일은 없으리라. 결국 지금까지처럼 생각보다 쉽게 다가오는 적대 유저를 막아내게 될 것이었다.

"소규모 무리 발견."

무혁의 목소리가 퍼진다.

스네이크의 시야 속. 20명 정도의 적대 유저가 뷰자켄 왕국으로 다가오는 상태.

"스무 명. 뷰자켄 왕국을 중심으로 9시 방향."

그곳에서 가장 가까운 유저들이 앞으로 나아갔다. 20명의 적대 유저와 부딪히는 순간 곧바로 공격을 감행했다. 이미 숫자에서 크게 차이가 났기에 질 수가 없는 싸움이었다.

[공헌도(2)가 상승합니다.]

[공헌도가…….]

스네이크의 시야로 상황을 지켜보던 무혁이 고개를 끄덕였다.

"정리 완료."

그들을 처리한 이들이 자리로 돌아왔다. 이미 시간도 늦은 밤을 향해 치닫고 있는 상태였다. 그 와중에도 뷰자켄 왕국의 성벽에는 유저들이 빼곡하게 채워져 있었다. 간간이 아뮤르 공작이 대군을 끌고 공격을 시도했는데 그때마다 무섭게 반응해 왔다.

저러면 신경은 신경대로 쓰이고 짜증은 날 대로 났으리라.

휴식도 못 취했을 것 같고.

이대로 시간이 흐른다면?

아뮤르 공작의 회심의 한 수와 함께 뷰자칸 왕국을 정복할 수 있을 것 같았다.

진득하게 기다려야지.

간간이 오르는 기여도로 위안 삼으면서 말이다.

마음을 살짝 놓는 순간이었다.

음?

무혁의 미간이 살짝 찌푸려졌다. 급히 마법사를 쳐다봤다.

다시 중폭 마법이 펼쳐지고.

"소규모 무리 다수 발견."

무혁의 목소리가 사방으로 퍼져 나갔다.

숫자는 대략 100명. 10명에서 20명씩 무리를 지은 소규모 그룹이 듬성듬성 있었다. 뷰자켄 왕국에 대한 이야기가 저들 사이에 조금씩 퍼지기 시작하는 모양이었다.

다행이라면 시간이 꽤 늦은 상태라 그렇게 많은 인원은 오지 않을 거라는 점이었다.

"11시 방향. 인원은 100명가량."

무혁을 포함하여 주변에 있던 유저들이 앞으로 나아갔다.

무려 500여 명. 100명을 상대하기엔 과했으나 피해를 입지 않은 채 압도하기 위해선 당연한 선택이었다.

"빠르게 정리하고 빠지겠습니다."

얼마나 나아갔을까. 적대 유저와 마주쳤다.

"헙……!"

놀란 그들이 황급히 공격을 감행했으나 명중률은 물론이고 파괴력도 그리 높지 않았다. 10명으로 이뤄진 소규모 무리를 순식간에 정리한 후 다음 무리와 거리를 좁혔다. 그들 역시 무혁과 일행을 발견하자마자 몸이 굳어버렸다.

"뭐, 뭐야. 너희들은!"

대답할 이유도, 가치도 없었다.

파천궁술 제1초식, 일점사.

화살을 날려 유저 한 명을 가볍게 처리한다.

"으, 으어어억!"

갑자기 몸을 돌려 도망치는 적대 유저들.

"합류, 합류부터 해!"

다른 그룹과 합치려는 모양이었지만 사람을 잘못 봤다. 현재 그 어느 때보다도 강력해진 무혁이 가장 선두에 있었으니까.

약화, 데스 스페이스.

적들을 느리게 만들고. 그들의 이동 경로에 방해 스킬을 사용한다.

윈드 스텝.

도망가려는 이들을 한 명씩 차근차근, 잡아 나갔다.

풍폭, 십자 베기.

백호검법 제1초식, 백호결.

파괴자의 돌진.

좌우측 가리지 않고 유저들을 썰어버렸다. 순식간에 다섯을 처리한 무혁. 뒤쪽 동료들이 셋을 처리했지만 아직 한 명이 남은 상태. 쫓아갈 수 없는 거리에서 무혁은 단검을 내려놓고 천궁을 꺼냈다.

파천궁술 제2초식, 무음사.

파천궁술 제3초식, 파천사.

우측 정면 유저의 등에 연달아 꽂히는 화살.

"크윽……!"

그러나 죽지 않았다. 계속해서 달려가는 그를 향해 손가락을 들어 올렸다.

풍폭, 데스 소울.

어둠으로 물든 빛이 쏘아졌다.

콰앙!

폭발과 함께 결국 마지막 유저도 목숨을 잃었다.

[공헌도(17)가 상승합니다.]

끝이 아니었다. 다른 무리를 처리하기 위해 움직였다.

"으, 으어어억!"

"미친……!"

순식간에 무리를 정리한 후.

"상황 종료. 복귀."

본래 자리로 돌아갔다.

2억 명이 넘는 인구를 자랑하는 남미의 국가, 브라질. 대한 민국보다 더 많은 사람이 일루전을 즐기는 만큼 홈페이지에 올라오는 게시물의 숫자 역시 어마어마했다.

[제목 : 지금 포르마 대륙이 쳐들어온 거 맞죠?]

[내용 : 아니, 뷰자켄 왕국 근처에서 사냥하는 중인데 갑자기 대규모 무리가 나타나서 화들짝 놀랐네요. 물러서니까 공격을 가하진 않던데…⋯. 그래도 기분이 많이 안 좋았어요. 우리나라 랭커는 뭐 하는 거죠? 전 이제 초보라 싸우고 싶어도 한주먹거리도 안 되지만 랭커들은 다르잖아요. 힘내주세요.]

[제목 : 지금 벌써 뷰자켄 왕국 공격당하는 중.]

[내용 : 이게 말이 되나. 왕국을 빼앗긴다고? 아, 물론 지금 당장은 아니지만 이대로면 빼앗기는 게 당연한 일이다. 정신 좀 차리자. 이러다가 마을, 소도시, 왕국까지 다 빼앗기고 나면 제국 몇 개만 남는데. 지금 상태에선 제국도 안심할 수는 없을 것 같고. 잘못했다가는 카이온 대륙 자체를 잃어버릴지도 모르겠네.]

└그건 좀 오버스럽네요.

└카이온 대륙을 빼앗기다니⋯⋯. 말이 되나요?

└아이고, 상황도 제대로 모르네. 지금 남쪽에 가면 그런 말 안 나올 걸? 유저도 유저지만 NPC로 이뤄진 대규모 군대가 상상도 못 할 만큼

숫자가 많다고!

└설마…….

└에이, 그 정도나?

└허, 답답하네요. 정말!

└님들, 윗분 말이 맞아요. 지금 남쪽은 난리예요. 완전 초토화라고요!

└허얼……!

└랭커 유저들, 좀 움직입시다.

└이상하게 우리나라 랭커는 이런 대규모 컨텐츠에 참여를 잘 안 하더라고…….

└아마도 보상 문제 때문이 아닐까요?

└보상요?

└포르마 대륙에 친구가 있는데 거긴 보상이 엄청나다더군요. 공헌도에 따라서 아이템을 지급하는데 벌써 1차 보상이 나갔다고 해요. 스탯을 올리는 물약이라던가…….?

└허얼. 스탯을 올린다고요?

└미쳤네! 진짜…….

└게다가 공헌도 높으면 귀족도 될 수 있고요.

└와, 부럽다. 우리는 뭐 하는 건지.

[제목 : 소식을 듣고 길드원 100명을 꾸려서 뷰자켄 왕국으로…….]

[내용 : 갔다가 순식간에 죽어버렸습니다. 진짜 실력자들이 움직이지 않는 이상 한동안 포르마 대륙의 기세가 더욱 커질 것 같네요.]

└아이고, 당하셨군요.

└네, 페널티에 속이 쓰리네요.

└에고. 참, 갑자기 생각이 난 건데 포르마 대륙 침공할 때도 애매한 유저들만 갔었죠?

└이름있는 길드도 있긴 했는데 소수였죠

└그러니까요. 순식간에 대패해 버리니 카이온 대륙이 쉽게 생각하고 쳐들어오죠. 문제는 정말 지금까지는 허망할 정도로 밀리고 있네요, 왕국이 점령당할 위기라니…… 정말, 어이가 없네요.

└저기, 시차 때문에 힘든 점도 분명 있습니다.

└그럼 포르마 대륙 유저는요? 그 사람들도 시차로 고생하고 있을 텐데, 왜 우리만 왕국을 빼앗길 위기에 놓여 있느냐 이겁니다.

└크흠…….

└**할 말 없으시죠?**

서서히 전쟁에 참여해야 한다는 글이 올라오기 시작했다. 그러나 변화는 없었다. 카이온 대륙의 보상은 미미하기 짝이 없었으니까.

하지만, 그것도 잠시. 해가 뜨기 전에 떠오른 홀로그램이 카이온 대륙 유저들의 어깨를 들썩이게 만들었다.

제2장
퀴넘 제국

카이온 적대 유저가 때때로 나타났지만 숫자는 많지 않았다. 무혁의 조가 처리했던 100명이 많은 축에 속할 정도였으니까.

이후로 특별한 일 없이 시간이 흘러갔고.

"드디어……."

기다리던 새벽이 찾아왔다.

뷰자켄 왕국의 정문에서 멀어지는 아뮤르 공작과 대군. 경계를 하던 4개의 그룹이 빠졌다.

"어? 물러난 건가?"

"어후, 시발. 드디어?"

성벽 위에 있던 카이온 유저들이 안도의 표정을 짓는다.

"하, 우리도 좀 쉬자."

"나갈 거예요, 다들?"

"그래야죠. 피곤해 죽겠네요."

"다들 잡시다."

"어, 근데 다시 공격해 오면요?"

"설마요. 다 물러났잖아요."

"하긴, 쟤들도 사람인데 쉬어야죠."

그러나 여성 유저, 홍염의 불꽃은 로그아웃하는 것을 반대했다.

"조금만 더 있어보는 건 어때요?"

"아, 피곤한데……."

"그럼 경계조를 나누든가 하죠."

"아니, 누가 남아서 경계를 서려고 하겠어요? 아니면 얘기 꺼낸 그쪽 분이 서시던가요."

"공평하게 해야죠."

"전 하기 싫습니다만? 그냥 나가서 쉴 겁니다. 그럼."

"딱 봐도 저 녀석들도 쉬러 간 건데, 그냥 나가죠. 괜히 우리끼리 싸우지들 말고."

다수의 반대에 홍염의 불꽃이 미간을 찌푸렸다.

"그래도 혹시 모르잖아요."

"의견 통일이 안 되겠네요, 이대로면."

"나갈 사람 나가고! 있을 사람 있자고요! 사람이 잠은 자야죠, 좀! 게임인데 즐기면서 합시다, 예? 안 그래도 성벽에서 대기만 한다고 힘들어 죽겠구만."

그렇게 한두 명씩 로그아웃을 했다.

"잠깐, 잠깐만요! 그럼 저한테 연락처라도 알려주세요!"

"왜요?"

"무슨 일 생기면 전화라도 드릴 테니까요!"

"뭐, 그 정도야……."

한 사람씩 연락처를 알려줬다.

"그럼 전 갑니다!"

연락처를 알려준 이들이 한 명씩 로그아웃을 했다.

"전에 남겼었는데, 그건 없어졌나요?"

"아, 전에 남겼던 분들은 가서도 돼요."

"그럼 저도 갑니다."

"내일 보죠."

"수고들 하시길!"

연락처를 남겨놓지 않은 이들만 남아 번호를 불렀다.

홍염의 불꽃은 그들의 연락처를 전부 메모했고 끝내 소수의
유저만 남게 되었다.

"후, 어쩔 수 없죠. 다들 푹 쉬세요."

"홍염의 불꽃 님은요?"

"전 지켜봐야죠. 그래야 연락을 할 테니."

"으음……."

"제국에서 보낸 마법사도 있고. 웬만한 공격은 버틸 거예요.
그러면 제가 길드원분께 먼저 전화를 드릴게요. 같이 연락 돌
리기로 해요."

"알겠어요. 그럼 고생하세요."

"네."

나머지 유저도 떠났다.

너무 쉽게들 생각하는 거 같아.

홍염의 불꽃은 홀로 그런 생각을 하며 어둠으로 물든 공간을 눈에 담았다. 대략 10분 정도가 지났지만 가끔 몬스터의 울음소리만 들려올 뿐, 유저의 기척은 느껴지지 않았다.

정말로 쉬는 걸까.

사실 그녀도 많이 피곤했다.

자고 싶다.

하지만 뷰자켄 왕국에서 시작했고 지금도 자주 들르는 곳이었다.

알고 지내던 NPC들 역시 많은 상황. 물론 지금은 모두 위쪽으로 대피한 상태라 죽은 이는 없지만 그래도 이곳이 무너지는 모습을 보고 싶진 않았다.

"하아."

하지만 도와주는 이가 없었다.

안타까움만 솟구치는 상황.

"어……?"

그때 멀지 않은 곳에서 기이한 소리가 울리기 시작한다.

덜컥. 쿵.

순간 차오르는 긴장감.

뭐지? 포르마 대륙군인가?

연락을 해야 하는 것인지, 아니면 지켜봐야 하는 것인지 고민이 되는 순간이었다.

괜히 연락을 했다가 아무 일도 아니라면 욕은 욕대로 듣고, 다음 연락에선 무시할 가능성도 있었다. 그러니 뭔가 확신이 있어야만 했다.

소리가…….

갑자기 들려오지 않는다.

한참을 집중하고 있을 즈음.

쿵, 탁.

다시 들려온 소리에 급히 마법 하나를 사용했다.

라이트 볼!

빛으로 이뤄진 구체를 던졌지만 생각보다 멀어서 아무것도 보이지 않았다. 그렇다고 왕국의 문을 열고 나아갈 수도 없었다.

어쩌지……?

일단은 마법사 NPC를 찾아갔다.

"실례해요!"

"무슨 일이십니까."

"지금 이상한 소리가 나서요."

"이상한 소리라면……?

마법사가 고개를 갸웃거리며 건물 밖으로 나왔다.

"기다려 보세요. 가끔씩 들려와요."

"가끔씩요?"

"네."

마법사의 눈동자가 순간 예리해졌다.

"디스펠."

그제야 소리가 제대로 들려왔다.

쿵, 타앙! 탁, 탁!

거기에 웅성거림까지.

"파이어 스피어."

마법사가 황급히 쏘아 보낸 불꽃으로 이뤄진 창. 라이트 볼과는 차원이 다른 사거리였다. 덕분에 시야가 확보되었는데, 나타난 모습에 마법사는 물론이고 유저인 그녀조차 탄식을 금치 못했다.

"아……."

절망감이 솟구쳐 올랐다.

아, 안 돼!

뒤늦게 정신을 차리고 로그아웃을 한 후 연락을 취했지만 시간은 그녀의 편이 아니었다.

뷰자켄 왕국이 고요해졌다.

-조용히 오게나.

"알겠습니다, 공작님."

유저들에게도 주의를 줬다.

"뷰자켄 왕국은 우리가 떠난 것으로 알 겁니다. 아마 대부분의 유저가 로그아웃을 했겠죠."

"아, 그래서 2시간씩 번갈아 가면서 쉬라고 했던 거군요."

"맞습니다. 이제 뷰자켄 왕국을 급습할 겁니다. 최대한 조용히 공작님이 계신 위치까지 이동하겠습니다. 절대로 소리를 내지 마세요. 물론 여기 마법사님이 도움을 주겠지만 혹시라도 범위를 벗어나게 될지도 모르니 최대한 신경을 써주셔야 합니다."

"알겠습니다."

"그럼 출발하죠."

무혁과 일행들이 움직인다.

그 뒤를 따르는 유저들. 마법사가 이미 사일런스 마법을 사용한 상태라 소리가 나지 않았다.

침묵의 걸음. 빛조차 없어서 바로 앞에 있는 사람의 뒤만을 쫓는다.

그렇게 얼마나 이동했을까. 앞의 유저가 멈춰 섰다.

다 왔나?

생각하는 가운데 아뮤르 공작의 목소리가 들려왔다.

"소리는 새어 나가지 않을 것이나, 되도록 조용히 해주길 바라네. 장인들은 작업을 시작하도록."

"알겠습니다, 공작님."

직후 일부 NPC가 움직이더니 무언가를 옮기기 시작했다.

생각보다 큰 물체들. 자리로 옮겨놓은 그것들을 빠르게 조립한다.

쿵, 탁, 타잉!

작업장에서나 들을 법한 소리가 퍼진다. 사일런스 마법을 덕분에 일정 범위를 벗어나진 못했지만 시간이 흐를수록 마법사들의 표정이 창백해졌다.

"으음……."

NPC와 유저들, 그리고 저 이상한 물체의 소리를 완벽하게 막아내는 건 아무래도 힘든 일이었다. 틈틈이 범위가 흔들리면서 조립하는 소리가 빠져나갔다.

쿵, 타앙!

황급히 마나를 집중했지만 간간이 소리가 튀어나갔다. 그럴 때마다 아뮤르 공작의 표정이 조금씩 굳어졌지만 애써 풀었다. 어차피 흐름은 넘어왔기에.

그때, 갑자기 사일런스 마법이 뒤틀렸다.

쿵, 쿠웅! 탕!

직후 불꽃으로 이뤄진 창이 날아왔다.

"실드."

방어막에 부딪히며 터져 나갔다. 그 와중에도 NPC 장인은 움직임을 멈추지 않았다. 몇 번의 공격이 더 이어지는 와중에도 장인들은 바삐 움직였다.

"다 됐습니다!"

"수고했네."

완성된 것은 일곱 기의 공성 병기였다.

"와우……. 대박."

"허, 저게 순식간에 만들어지네?

마법의 힘이 더해진 압도적인 힘의 병기였는데 성벽을 허무는 것에 특화되어 있었다.

"시작하게."

"예."

마법사 여러 명이 주문을 외웠고.

두드드.

바닥이 흔들리면서 어마어마한 크기의 바위가 뽑혔다.

바위의 표면에 중력과 헤이스트 마법을 걸었다. 바위는 공성 병기에 안착했고, 장인 여러 명이 붙어 레버와 흡사하게 생긴 것을 왼쪽에서 오른쪽으로 밀었다.

"더 세게!"

레버가 오른쪽 끝에 다다를수록 바위가 놓인 곳이 팽팽하게 당겨졌다. 이윽고 턱 소리와 함께 바위가 날아갔다.

얼마나 강했던 것인지 바위는 눈에 보이지 않을 속도로 뻗어 나갔고, 뷰자켄 왕국을 보호하는 보호막에 부딪혔다.

콰득, 콰드득.

보호막은 공성병기가 지닌 힘을 네 번까지 막아냈으나 다섯 번째에 깨어지면서 여섯 번째와 일곱 번째의 공격을 허용했다. 성벽의 일부가 종잇장처럼 짓이겨졌다. 그러나 아직은 무너지지 않은 상황.

"한 번 더."

"예!"

다시금 장인들이 움직이기 시작했다.

끼익, 끼이이익.

마법사의 도움으로 또 한 번 바위를 올린 채 레버를 밀었다.

날아간 바위 일곱 개가 성벽의 곳곳을 두드렸고, 결국 그 파괴력을 이기지 못한 채 허물어졌다.

아뮤르 공작이 검을 머리 위로 들어 올렸다.

"성벽이 무너졌다! 뷰자켄 왕국을 점령하라!"

[아뮤르 공작이 '사기 상승'을 사용하셨습니다.]
[아군의 사기가 크게 증가합니다.]
[모든 능력치가 5퍼센트 상승합니다.]
[지속 시간은 10분입니다.]

아무래도 사기 상승이 영향을 미친 모양이었다.

"우오오오! 가자!"

"왕국 따위야, 뭐! 바로 점령하자고!"

4개의 그룹이 달려갔다.

존재하지 않는 적대 유저. 무너진 성벽.

뷰자켄 왕국을 점령하는 건 그리 어렵지 않은 일이었다.

갑작스러운 소식에 뷰자켄 왕국에서 가장 가까운 곳에 위치한 퀴넘 제국이 소란스러워졌다. 정확하게는 황제가 기거하는 방이라고 해야겠지만.

"그래, 뷰자켄 왕국이 함락되었다고?"

방 바깥에서 대답이 들려온다.

"예······."

"허허, 재밌구나. 너무 안일했던 모양이야."

"죄송합니다."

"자네가 죄송할 게 무언가. 내 잘못인 것을."

"결코 그렇지 않습니다."

황제가 고개를 저었다.

"되었네. 지금은 이런 대화도 의미가 없지. 서둘러 이방인들을 모으게. 포르마 대륙에서는 보상이 상당하다지?"

"그렇다고 들었습니다."

"우리도 그렇게 하지. 아주 좋은 보상을 걸도록."

"그리하겠습니다."

제국의 총관, 니오가 뒤로 물러났다.

그가 준비를 시작했고, 어떤 보상을 줄지 정해졌을 때.

[메인 에피소드 3-2 '카이온 대륙을 지켜라'가 발동합니다.]

[카이온 대륙을 지켜라.]

[포르마 대륙에서 대군이 쳐들어왔다. 이미 뷰자켄 왕국이 점령된 상태. 당신은 전투에 참가하여 그간의 설욕을 갚아주어야 한다. 그럴 마음이 있다면 오늘 안으로 퀴넘 제국의 남문, 초원으로 모여라.]

[참가 보상 : 스탯 물약(레벨 제한 200)]

[주요 보상 : 공헌도에 따른 차등 지급(레벨 제한 없음)]

현재 접속해 있는 카이온 대륙의 모든 유저에게 홀로그램이 떠올랐다.

"야, 참여하자."

"이건 무조건 참여해야지! 참여만 해도 보상을 준다는데!"

"가자고!"

흥미를 보이기 시작하는 유저들.

[제목 : 지금 메인 에피소드 떴습니다!]

[내용 : 새벽부터 흥미롭네요! 레벨 200 이상은 참여만 해도 스탯 물약 지급받습니다. 레벨 200이 안 되더라도 참여해서 공헌도를 쌓으면 수치에 따라 보상 받는다고 합니다! 오늘 안으로만 퀀넘 제국 남문 초원으로 가면 됩니다!]

└오, 좋은 정보 감사요

└으, 지금 막 자려고 했는데…….

└자고 천천히 와도 됩니다.

└아, 오늘 안으로군요. 감사합니다. 전 자러…….

└전 남문에서 로그아웃해야겠네요.

└오, 드디어 카이온 대륙 랭커들도 모이는 건가요!

└기대되네요.

└저도 기대합니다.

그리고 아침이 되었을 때.

"음? 에피소드?"

"스탯 물약이네, 보상이."

"괜찮은데."

고레벨이라 할 수 있는 이들이 드디어 흥미를 보이기 시작했다. 그 작은 관심이 산불처럼 번져 거대해진다. 결국, 카이온 대륙의 실력자들을 퀴넘 제국의 남문으로 모이게 만드는 원동력이 되었다.

같은 시각. 무혁을 선두로 하여 포르마 대륙의 대군이 뷰자켄 왕국과 퀴넘 제국의 사이사이에 위치한 마을과 소도시를 함락하기 시작했다.

뷰자켄 왕국에 들어선 아뮤르 공작과 대군.

"서둘러라!"

"예!"

장인이 바삐 움직여 무너진 성벽을 보수했다. 그사이 후속군이 대거 밀려와 뷰자켄 왕국에 제대로 깃발을 꽂고 경계태세에 돌입했다. 완벽한 점령에 성공한 것이다.

"자네들은 당장 마을과 소도시를 점령하도록 하게."

4개의 그룹이 흩어졌다.

무혁이 지휘하는 1조는 북서쪽으로 향했다. 그곳에 있는 소도시를 가볍게 점령한 후 유저들에게 휴식을 지시했다. 남는 시간을 사용해 오랜만에 라카크에게 연락을 취했다.

-아이고, 영주님!

"요즘 바빠서 연락을 통 못 했네요."

-괜찮습니다. 그럼요.

"별일은 없죠?"

-물론입니다, 영주님.

"하긴. 전쟁 중이니……."

-몸은 괜찮으십니까.

"그럼요. 포르마 대륙으로 넘어가면 바로 갈게요. 아, 혹시 무슨 일 벌어지면 연락하시구요."

-알겠습니다. 걱정하지 마십시오.

하긴, 라카크에게 맡겼으니까. 조금의 의심도 없다. 잘해낼 거라는 믿음만 있을 뿐.

"그럴게요."

-다음에 뵙겠습니다, 영주님.

가볍게 안부를 묻고 통신구를 종료했다.

곧이어 마법사가 다가왔다.

"연락입니다."

수정구를 받아 들자 아뮤르 공작의 얼굴이 나타났다.

-그래, 마을인가?

"예, 공작님."

-아무래도 퀴넘 제국에서도 이방인을 제대로 끌어모으기

시작한 모양이야. 현재 퀴넘 제국 남문에 상당수의 이방인이 모여 있다고 하는군. 그들의 움직임이 심상치 않다는 보고가 올라왔네.

"으음. 드디어 반응하기 시작하는군요."

－지금부터 어려운 싸움이 이어지겠지.

"그럴 것 같습니다."

－다행인 것은 퀴넘 제국 남쪽은 우리가 모두 정복했다는 사실이네. 각종 물자와 보급품, 그리고 후속 부대가 속속 들어오고 있으니까.

"대단하군요."

－허허, 아직 안심할 때는 아니지. 해서 말인데, 자네에게 특별이 한 가지 지시를 내려야겠군.

무혁의 눈동자가 순간 빛났다.

"특별한 지시라면……?"

－퀴넘 제국에 모인 이방인들은 빼앗긴 영토를 되찾고자 아래로 내려올 것이 분명하네. 그러나 지금은 아직 움직이지 않고 있지. 그러니 자네는 뛰어난 이들로 인원을 구성하여 퀴넘 제국의 남쪽에 위치한 이방인들을 견제하면서 남하 속도를 늦춰주게. 그사이 우리는 포위망을 형성하여 내려오는 그들을 단번에 몰살시킬 것이네. 해줄 수 있겠는가?

순간 몇 가지 생각이 스쳤다.

괜찮을 것 같은데.

안전하면서도 견제가 가능한 이들 소환사만으로 꾸린다면?

"한번 해보겠습니다."

-꼭 부탁하네.

"예, 지금 바로 움직이면 되는 건가요?"

-그렇게 해주게.

"알겠습니다."

수정구를 마법사에게 건네고 건물에서 나왔다.

"증폭 마법 부탁합니다."

무혁의 목소리가 은은하게 번졌다.

"다들 집중해 주십시오. 시야 공유 스킬이 있는 소환수 계열의 유저와 일부 유저들로 인원을 꾸려 퀴넘 제국으로 향할 겁니다. 우리는 최대한 거리를 둔 상태에서 소환수만 이용하여 견제를 할 예정입니다."

누군가 손을 들었다.

"제가 사거리가 깁니다. 사거리 긴 스킬을 지닌 유저도 포함시키면 좋을 것 같은데요?"

"으음."

나쁘지 않은 의견이었다.

"참여하고 싶다면 반대하진 않겠습니다."

그에 다들 수긍하며 고개를 끄덕였다.

"사거리가 긴 스킬을 지닌 유저. 그리고 소환사 계열의 유저는 나와주십시오."

생각보다 많은 이가 나섰다. 거기엔 성민우와 예린도 포함되어 있었다.

"만일의 사태를 대비해 사제와 탱커 계열 유저도 함께하겠습니다."

자연스럽게 김지연이 들어왔다.

덕분에 상당한 인원이 꾸려졌다.

대략 250여 명. 사제가 30명이었고 탱커 계열의 유저가 30명, 소환사 계열의 유저가 140명, 평범한 수준보다 더 뛰어난 원거리 계열 유저가 50명이었다.

"그리고 게펜 유저님."

"네, 무혁 님."

"제가 없는 동안 잠깐 여길 맡아주세요. 마법사님이 수정구를 통해 아뮤르 공작님의 지시 사항을 전해줄 겁니다."

게펜이 잠시 고민했다.

"어렵지 않을 겁니다."

그 말에 무겁게 고개를 끄덕였다.

"으음, 알겠습니다."

"부탁드리죠."

무혁은 곧바로 소수 정예 유저들을 끌고 북쪽으로 올라갔다. 가는 길에 보이는 저레벨의 카이온 유저들의 시선에 불만이 가득하다. 확실히 이제와는 분위기가 미묘하게 달랐다.

"뭐야, 저것들은?"

"퀴넘 제국으로 가는 건가? 어, 무혁이네?"

"야, 홈페이지에 올리자!"

"아, 그래야겠네. 혹시 모르니까."

들려오는 대화에 미간이 찌푸려진다.

"뭐야, 저놈들은."

옆에 있던 성민우가 너클을 만지작거렸다.

"그냥 죽일까?"

"됐어. 딱 봐도 초보잖아."

"에잇, 그래. 봐줬다."

하지만 그들은 무혁과 성민우의 태도에 비릿한 미소를 짓더니 뭐라도 되는 양 쫓아다니며 비난을 퍼부었다.

"꼴에 초보자는 봐주는 건가."

"재밌네. 크큭."

"그럼 우리 안 죽이는 거?"

"그런 듯한데."

"야, 영상 찍어서 퍼뜨리자. 전력도 정확하게 파악하면 더 좋을 거고."

"좋은 생각인데?"

그저 짓밟히기 않도록 배려를 해준 것이었건만 저들의 태도는 선을 넘어섰다.

"그냥 죽이자."

무혁의 말에 성민우가 웃으며 지면을 쳤다.

"어, 어어……? 뭐, 뭐야!"

"초보자도 죽이는 거야? 뭐 이런……!"

당황하는 그들을 향해 일갈한다.

"그냥 닥치고 죽어라, 병신들아."

그러곤 가볍게 주먹을 내뻗었다.

툭, 툭.

그것만으로도 저레벨 유저들은 목숨을 잃었다.

"후, 옆에서 쫑알쫑알. 더럽게 시끄러웠네."

"시비 건다 싶으면 앞으로는 그냥 죽이는 게 낫겠다."

"그치?"

어차피 카이온 대륙과 포르마 대륙의 전장이 아니던가. 초보자들을 배려하는 마음을 조금은 내려놓기로 결정한 무혁이었다. 물론 시비를 걸지 않고 피해주는 이들까지 애써 쫓아서 죽일 마음은 없었다. 그저 걸리적거리는 이들만 치울 뿐.

퀴넘 제국의 남문 초원. 실력자로 이뤄진 무수한 유저들이 곳곳에 위치한 상태.

"하, 번잡하네."

"도대체 언제 출발하는 거야?"

"기다리기도 지겹다."

아직도 귀족이 모습을 드러내지 않고 있었다.

대략 2시간은 더 흘렀을 즈음 드디어 귀족으로 보이는 자가 나타났다.

"오래 기다렸다. 나는 퀴넘 제국의 솔번 백작이다."

시작부터 말을 놓는 모습에 일부 유저가 눈썹을 움찔거렸다. 불같은 성격을 참지 못하고 그에게 한마디를 내뱉고 마는 한 명의 유저. 덩치는 왜소했지만 표정이 딱딱해서 한눈에 봐도 강단이 있어 보였다.

"거, 귀족 나으리. 초면에 반말하는 거야?"

그에 솔번 백작의 옆에 있던 기사가 검을 뽑았다.

"네 이 녀석!"

"뭐, 어쩔 건데?"

"감히……!"

조금의 반성도 없는 모습에 솔번 백작도 얼굴을 붉혔다.

"정말, 하나같이 추잡하군."

"뭐라고?"

"이러니 이방인들이 욕을 먹는 게 아닌가."

"하, 시작부터 기분 더럽네. 보상 좀 주나 싶어서 힘들게 왔더니!"

"그저 보상에만 눈이 멀어서는. 불만 있으면 그냥 참여하지 않으면 되네."

"하, 뭐 저딴 새끼가 다 있어?"

"내가 할 말이군."

솔번 백작과 유저의 신경전이 말이 아니었다.

"아, 뭐야. 시작부터."

"애초에 반말하는 것부터 잘못된 거 아닌가?"

"귀족이면 다냐고."

"그러게. 기분 더럽네."

아무래도 유저인 만큼 솔번 백작의 태도가 마음에 들지 않는 이가 많았다. 그 탓에 소란스러움이 커졌고 몇 명의 유저는 싸우자는 식으로 솔번 백작에게 다가가기도 했다.

"더 이상 선을 넘으면 퀴넘 제국과 적대한다는 것으로 받아들이지."

"하……."

그 다툼이 더욱 진행 속도를 늦췄다.

"줄을 맞춰 서라지 않느냐!"

"하, 알아서 한다고!"

일부 유저는 홈페이지를 살펴보며 몇 가지 정보를 확인하기도 했다.

흐음, 올라오고 있다고?

누구나 알 만한 무혁이 그 무리에 포함되어 있었다.

알려야 하나?

하지만 귀족들은 강압적으로 이것저것을 지시할 뿐이었다.

"야, 너 그거 봤어?"

"뭐?"

"무혁 알지? 그 사람이 200명 정도 끌고 올라오고 있다는데?"

"어디서 봤어, 그걸?"

"홈페이지에서."

"흐음, 알려줘야 하나?"

둘의 시선이 솔번 백작에게로 향한다. 표정이 일그러졌다.

"아, 됐어. 겨우 200명이면 뭐."

"그래, 괜찮겠지?"

"아, 몰라. 귀찮아. 알아서 하겠지."

"쩝……."

결국 그 정보는 솔번 백작의 귀에 들어가지 못했다.

그러는 사이 무혁을 포함한 정예 소수 유저 모두 목적지에 도착했다. 저 아래, 퀴넘 제국이 보인다.

"산맥을 내려간 후 거리를 조금만 더 좁히겠습니다."

빠르게 아래로 내려갔으나 퀴넘 제국 남문에 위치한 유저들은 여전히 제자리였다. 소환수를 보내 상황을 파악했다.

"흐음, 자기들끼리 다투는 것 같은데요."

"그래요?"

"네, 내려오려면 한참 걸리겠네요."

"어쩔까요, 그러면?"

"주변부터 탐색하면서 지리도 익히고. 또 적당하게 숨어 있을 만한 공간도 몇 군데만 찾아보도록 하죠."

"숨을 곳이요?"

"네, 거기서 소환수를 통해 피해만 입힐 예정입니다. 그러다 적대 유저가 숨은 곳으로 다가온다 싶으면 원거리 유저님들이 나서서 같이 견제해 주시면 됩니다. 탱커 유저님은 원거리 유저님 보호해 주시고요. 접근하는 이들만 처리하고 숨을 수 있는 공간으로 이동해서 반복하면 될 것 같습니다."

"음, 왜 굳이 다른 곳으로 가는 건지요?"

어떤 유저의 말에 무혁이 대답해 줬다.

"우리가 숨은 장소를 홈페이지에 올려 공유할 수도 있으니까요."

"아……!"

"그럼 움직이겠습니다."

"아, 네!"

대략적으로 설명을 마친 후 실행에 옮겼다.

먼저 주변을 탐색.

숨을 장소를 찾아낸 후 번호를 붙였다.

"1번부터 가겠습니다."

소환수를 불러내어 각종 버프 마법을 걸어준 후 퀴넘 제국 남문으로 보냈다. 소환 계열 유저들 중에서도 시야 공유 스킬이 있는 이들만 선별했기에 지휘에 어려움은 없었다.

"소환수 퍼뜨리세요. 남문을 반원 형태로 포위한 후 동시에 들어갑니다."

무혁의 말에 유저들이 집중했다.

"왼쪽, 검은 해골 정령 사용하시는 분. 너무 나갔습니다."

"아, 죄송합니다."

"중앙도 튀네요. 하얀 늑대 테이머분, 집중해 주세요."

"네!"

무혁의 말에 따라 소환수를 움직인다. 곧이어 정확하게 반원 형태의 포위망이 형성되었다.

"됐습니다. 이제, 놀아보죠."

소환수들이 속도를 높여 달리기 시작했다.

퀴넘 제국의 남문. 유저들로 우글거리는 그곳으로.

여전히 카이온 대륙의 유저와 솔번 백작이 기묘한 견제를 이어가고 있었다. 솔번 백작은 지시를 내렸고 유저들은 듣는 둥 마는 둥 한 귀로 흘려보낸다.

"말 좀 들어!"

끝내 솔번 백작이 화를 냈다.

"아, 움직이고 있잖아."

"왜 이렇게 명령이야. 짜증 나게."

유저들 역시 가만히 있지 않았다.

"이놈들이⋯⋯!"

그 소란을 틈타 소환수들이 상당히 거리를 좁혔다.

"야, 저기. 뭐냐?"

"뭐가?"

"저기 말이야. 저거 소환수 아냐?"

"어, 맞네."

"야, 위험하잖아."

"아, 몰라. 겨우 소환수 가지고, 뭘."

"숫자가 많은데⋯⋯."

"우리가 몇 배는 더 많아."

상황을 눈치챈 유저들이 주변에 알렸지만 이미 시끄러울 대로 시끄러운 공간에서 그들의 말은 묻혀 버리고 말았다. 소환수는 더욱 가까워졌고 그제야 나머지 유저와 솔번 백작도 상황을 눈치챘다.

"저것들은 뭐야?"

"포르마 대륙 이방인들의 소환수인 것 같습니다."

"허, 참. 다들 주목!"

마법사가 증폭 마법을 사용한다.

"지금 모여오는 같잖은 놈들부터 다 없애!"

하지만 유저들은 귀찮은 표정을 숨기지 않았다.

"하, 무슨 유저도 아니고 겨우 소환수나 잡으라고?"

그래도 공격해 오는 녀석들을 그냥 두고만 볼 수는 없었기에 별수 없다는 듯 혀를 차며 천천히 움직이기는 했다.

"빨리빨리 움직여!"

이미 소환수와 거리가 상당히 가까웠다. 사방에서 소환수들의 공격이 시작된다.

"아, 대충 막읍시다. 기껏해야 소환수잖아요."

"방패 들고, 힐이나 잘 주세요."

"네네."

그때 소환수들의 공격이 시작되었다. 날아드는 각종 스킬들 화살과 마법으로 공간이 빼곡해졌다.

"으음……!"

생각했던 것 이상으로 위협적이었다. 저 많은 공격에 제대

로 대응하지 못한다면 큰 피해를 입게 될 수도 있다는 생각이
들었다. 그러나 한편으로는 기껏해야, 겨우라는 마음이 여전
히 깊은 곳에 도사렸다.

"그래 봐야……."

결국 소환수일 뿐이었으니까. 세봐야 얼마나 셀까.

사제도 있고, 마법사의 실드도 있으니 크게 경계하지 않았
다. 다만 일부 유저만 정신을 차리며 급히 주변에 외쳐 댔다.

"사제님들, 힐 부탁합니다!"

"아, 네!"

"근처에 사제님 있으면 탱커님이 보호해 주시고요!"

"알겠습니다!"

하지만 조금 늦었다. 이미 소환수가 날려 보낸 무수한 스킬
들이 코앞까지 다다른 상태였으니까.

쾅, 콰과과광!

그나마 대응하려고 노력한 이들은 멀쩡한 편이었다.

"크읍……!"

하지만 무시하던 이들은 달랐다.

쩌적. 쩌억.

마법사들의 실드를 순식간에 깨뜨리고, 범위 치유 마법조
차 따라갈 수 없는 대미지에 뒤늦게 당황하며 허우적거렸다.

"미친!"

"뭐, 뭐야. 이거!"

"힐, 힐 달라고!"

생각보다 많은 이가 죽어나갔다.

"이런, 젠장! 뭐 하는 거야!"

솔번 백작도 후폭풍을 피할 순 없었다.

"멍청한 것들! 명령은 죽어도 안 듣더니!"

"하, 여기저기서 압박이네."

"스트레스다, 진짜."

유저들의 소란에 솔번이 다시금 악을 질렀다.

"그만 떠들고 저것들 없애 버리란 말이다!"

듣기는 싫었지만 그렇다고 거절할 명분도, 이유도 없었다. 유저들 역시 소환수에게 창피를 당한 이상 그냥 두고 볼 수는 없는 상황이었기 때문이다. 자존심의 회복을 위해서라도 압도적인 힘의 격차를 보여줄 필요가 있었다.

"음, 잠깐 제가 나서겠습니다. 괜찮으신지."

마침 가장 인지도가 높은 유저가 나섰다.

붉은 하늘 길드의 수장, 유람이었다.

"아, 유람 길드장님이시네."

"흠, 유람 님이면 뭐."

"동의해 주셔서 감사합니다. 소환수에게 계속 당할 순 없으니 근접 계열 유저는 앞으로 나오시고요. 그 뒤로 탱커 계열 유저님, 그 뒤에 치유 계열 유저님들 위치해 주세요. 나머지 원거리 계열 유저님들은 후방에서 스킬 써주시면 됩니다."

증폭 마법 덕분에 그의 말이 퍼져 나간다. 유저들이 바삐 움직인다. 소환수의 이어지는 공격을 무난하게 막아낸 후 순식간에 대열을 정비했다.

"쳇, 이방인들이란."

한쪽에선 솔번 백작이 그들의 일사불란한 모습이 마음에 들지 않는 듯 혀를 찼다. 그러는 중에도 유람은 유저들을 끌었고, 빠르게 소환수와 거리를 좁혀나갔다. 뒤쪽에 위치한 원거리 계열의 유저들이 스킬을 사용하려는 순간.

파바바밧.

어디선가 진동이 울렸다.

"왼쪽 조심하세요!"

왼쪽에 있던 유저들이 고개를 돌렸다.

달려오는 소환수가 보였다.

군마를 타고 있는 스켈레톤이었다.

"탱커 앞으로!"

"원거리 유저님들 공격해 주시고요!"

"네에!"

꽤 많은 스킬이 쏟아졌다.

쾅, 콰아앙!

그러나 선두에 위치한 몇 마리의 스켈레톤만 사라졌을 뿐이었다. 무혁의 스탯에 영향을 받고 있는 아머기마병인 만큼 체력이 상당한 수준이었던 까닭이다. 게다가 근처를 날아다니는 정령이 치유까지 해줬기에 생존력은 더욱 올라갔다.

"뭐야? 왜 안 죽어?"

"공격 다시요!"

이번에도 많은 기마병이 살아남았다.

"아, 진짜……."

한 번 더 공격을 지시하려는 순간.

스팟.

아머기마병이 가속을 했다. 돌진 스킬로 거리를 순식간에 좁히더니 그대로 유저들을 파고들었다.

"크읍!"

생각보다 큰 피해에 놀란 유저들.

"힐 주세요!"

직후 각종 무기가 빛살처럼 날아들었다.

"아, 좀 제대로 합시다!"

"진짜, 짜증 나게!"

난전.

아머나이트의 아래에 붙어 있던 예린의 소환수, 강화된 다람쥐가 뛰어올랐다.

"이건 또 뭐야!"

작아서 더 공격하기가 어려웠다.

[1,921의 대미지를 입습니다.]
[특수 상태 이상 '출혈'에 걸립니다.]
[지속적으로……]

대미지도 상당했고 상태 이상이 거슬렸다.

"오른쪽도 조심하세요!"

오른쪽에서는 성민우의 소환수인 정령과 아머나이트, 그리고 데스 스켈레톤 무리가 달려들고 있었다.

물론 다른 유저들의 소환수 역시 뒤를 따르는 상태.

카이온 대륙 유저들은 원거리 공격으로 일부 스켈레톤을 처리했고 나머지를 막아내기 위해 탱커 계열 유저가 나섰다.

"옵니다!"

충격에 대비를 했기에 폭발에도 놀라지 않았다.

콰과광!

그러나 떠오른 메시지를 확인하는 순간 절로 아연해졌다.

[3,390의 대미지를 입습니다.]×3

말도 안 되는 대미지였다.

"자, 잠깐……."

급히 몸을 뒤로 빼려는데 기파가 날아와 신체 지배력을 앗아갔다.

미친……!

뒤이어 날아드는 뼈 화살과 마법들.

콰과과광!

결국 일부 유저가 버텨내지 못한 채 죽어버리고 말았다. 정면을 맡은 유람 유저만이 제대로 된 몫을 해내고 있었다. 유저들과 함께 앞에 위치한 소환수를 압도적으로 밀어붙이고 있었던 것이다.

무혁의 소환수가 그곳에 배치되지 않은 탓에 가능한 일이었지만 유람은 그 사실을 알 수 없었다.

"쯧."

그저 좌, 우측에 위치한 유저들의 나약함에 혀를 찰 뿐.

"정면부터 빠르게 끝내도록 하겠습니다."

"좋네요!"

"쓸어버리자고요!"

정면에 위치한 소환수를 모두 끝내는 동안 좌, 우측의 소환수들 역시 정리되었다. 그러나 생각보다 큰 피해를 입었다. 모두가 인지했지만 굳이 입에 담지는 않았다.

본인들이 죽은 것은 아니었으니까.

"자리로 돌아가죠."

솔번 백작이 있는 곳으로 향해 그의 지시를 느릿하게 따른다.

조를 천천히 나누고 있을 무렵 다시 한번 대규모 소환수가 모습을 드러냈다.

무혁의 입꼬리가 올라갔다.

왜 저렇게 느린 거지?

이유는 모르겠지만 무혁의 입장에서는 그저 고마울 뿐이었다. 덕분에 소환수를 벌써 세 번이나 소환하면서 카이온 유저들에게 상당한 피해를 입혔다. 하나로만 본다면 작은 피해였지만 세 번이 쌓이니 결코 무시할 수 없는 수준으로 변했다.

"자, 이번에도 가 보죠."

"예, 무혁 님!"

가장 먼저 리더를 찾았다.

이번에도 정면인가.

무혁은 전과 마찬가지로 좌, 우측을 노리기로 했다.

아머기마병, 돌진. 전원, 가속 찌르기. 부르탄, 기파.

비슷한 전법으로 공략했다.

흐음?

하지만 이번에는 피해를 거의 입히지 못했다. 상황이 반복되면서 카이온 대륙의 유저들도 확실하게 대응하기 시작한 탓이었다. 게다가 탐색도 시작했다. 일부 유저가 사방으로 흩어지면서 곳곳을 살피기 시작한 것이다.

이제야 정신을 차렸네.

앞선 움직임과 분명히 달랐다.

조금 힘들긴 하겠지만…….

아직 첫 번째 숨은 장소도 발견되지 않은 상황이었기에 여유가 있었다.

"소환수 절대 후퇴시키지 마시고요. 금방 죽어도 좋으니 최대한 중앙으로 난입하려고 노력해 주세요."

잔잔하게 퍼지는 목소리.

직후 소환수들의 움직임이 달라졌다.

약간 막무가내랄까.

소환수들이 꾸역꾸역 나아가기 시작한 것이다.

뭐, 이게 더 좋네.

무혁은 그 틈을 노려 아머나이트와 데스 스켈레톤을 지휘했다. 조금이라도 더 상대방에게 피해를 입힐 수 있게.

첫 번째 장소를 들켰다.

"원거리 유저님, 견제 부탁드립니다."

"네!"

탐색 인원이 그리 많지는 않아서 위협이 되진 않았다. 하지만 장소가 발각된 이상 이동할 필요는 있었다.

"처리했어요, 무혁 님!"

"그럼 2번 장소로 이동하겠습니다."

보다 남쪽의 2번 장소로 옮긴 후 인터넷에 접속했다.

외국 사이트 검색. 남미 쪽 홈페이지를 발견해서 들어갔다. 글을 모두 복사한 후 번역해 봤다.

[제목 : 퀴넘 제국 소환수 계열 유저들 위치 정보!]

[내용 : 위치 알아냈습니다! 죽기는 했는데 그래도 정보는 공유하고자 글 작성합니다. 스샷으로 올렸으니까 확인하고 복수라도 해주시길!]

└오, 좋은 정보 감사해요.

└이득이네요.

└꼭 찾아내라고 전할게요.

무혁이 고개를 끄덕였다.

예상대로야.

이미 장소를 옮겼기에 지금 올라온 정보는 의미가 없었다. 거리도 꽤 있고.

이곳에서 다시금 녀석들을 견제하면 되리라. 아무 데도 가지 못하도록.

인터넷을 끈 후 쿨타임을 확인했다.

"1분 남았습니다."

다시금 소환을 준비한다.

"시간 됐습니다. 현재 살펴본 결과 주변에 적대 유저는 없네요. 바로 소환하죠."

무혁을 포함하여 유저들 전부 소환수를 불러냈다. 사방으로 퍼뜨리는 와중에 마주치는 탐색조를 정리하고 남쪽으로 내려가고 있는 적대 유저를 원형으로 포위했다. 더 이상 움직이지 못하게 최대한 견제에 집중했다.

그러다 위치가 들통나고 3번 장소로 이동해 다시금 견제했다. 임무에 충실했지만 시간이 흐를수록 조금씩 불안해지고 있었다.

언제 오는 거지?

아군의 모습이 아직도 보이지 않았기 때문이다.

물론 겉으로는 드러내지 않았다. 지금은 이들을 이끌어야 하는 입장이었으니 나약한 모습을 보여줄 순 없었다.

빨리 와라, 좀……!

그렇게 5번 장소에 도착했을 때.

왔다……!

드디어 카이온 대륙의 유저들을 발견할 수 있었다.

솔번 백작의 지시는 한결같았다.

"그래서 여기에 계속 있을 건가!"

사실 그의 말도 맞았다. 소환수가 견제를 하는 이유가 분명히 있을 터. 그렇다고 이곳에서 질질 시간을 끌고 있을 수는 없었다. 어쩌면 그것이 최대의 목적일지도 몰랐기에.

"후, 움직여야겠네."

붉은하늘 길드의 장, 유람 유저도 동의했다.

"이대로 소환수에게 피해만 입을 순 없습니다. 탐색조를 유지하면서 아래로 내려가는 게 좋을 것 같은데, 어떻게 생각하세요?"

곳곳에서 수긍하는 소리가 들려왔다.

"그게 맞죠."

"여기 있는 게 저놈들이 바라는 거니까요."

"최대한 빨리 아래로 내려가죠?"

그에 유람이 고개를 끄덕였다.

직후 솔번에게 지휘 권한을 받아낸 후 조를 나누어 그들을 이끌었다.

"일단 흩어지면 더 위험할 수 있으니 뭉쳐서 내려가죠. 적당한 곳에서 조에 따라 탈환해야 할 지역을 알려드리겠습니다."

결정을 내렸으니 움직일 차례였다. 속도를 내어 남하했다. 그 와중에 몇 가지 정보도 확인할 수 있었다.

"숨은 장소를 발견했다고요?"

"네, 홈페이지에 올라와 있더라고요."

"가 보죠."

하지만 그곳엔 아무도 없었다. 모든 정보가 거짓이었다.

"홈페이지 정보는 그냥 무시하죠."

"쩝, 그래야겠네요."

이후 정보를 확인하지 않았다.

계속되는 견제를 이겨내고 탐색조를 꾸준히 보냈지만 놈들은 귀신이라도 되는지 모습을 드러내지 않은 채 소환수만으로 신경을 박박 긁어댔다.

"하, 젠장······!"

"진짜 거지 같네. 도대체 어디에 숨어 있는 거냐고!"

나아가는 속도가 느려졌다. 너무 심각할 정도로.

"으음."

모든 유저가 상황의 심각성을 깨달았지만 할 수 있는 건 그리 많지 않았다.

"차라리……."

그때 누군가 유람에게 다가왔다.

"유람 님."

"아, 네."

유람도 쉽게 무시할 수 없는 실력자, 아르카손이었다.

"지금이라도 흩어지는 게 어떨까요? 이대로 뭉쳐서 움직이니까 진군 속도도 느리고. 거기에 견제까지 당하니 거의 제자리걸음인 것 같은데요."

"그건 압니다만……."

"지금 이대로 있어봐야 상황만 악화될 뿐이잖아요. 그냥 흩어지죠."

"……."

유람은 대답하지 못했다.

"쯧."

아르카손이 혀를 찬다.

"동의한 걸로 알겠습니다. 어디를 탈환할지 정해주시죠."

"후우, 알겠습니다. 그러면……."

유람은 소도시를 지정해줬고 아르카손은 자리로 돌아간 후 바로 조원들과 함께 속도를 높였다. 다른 조에게도 탈환해야 할 곳을 알려줬고 그들은 기다렸다는 듯, 빠르게 사방으로 흩어졌다.

그로부터 머지않아 어마어마한 후폭풍을 느꼈다.

"뭐, 뭐야?"

급히 탐색조를 보내어 상황을 파악하라 지시했다.

"지, 지금 카이온 대륙의 대군이 흩어진 아군들을 학살하고 있습니다!"

들려온 소식에 유람은 질끈, 눈을 감아버렸다.

●

스컬 스네이크의 시선을 통해 카이온 대륙 아군들의 움직임을 두 눈에 담았다.

"후아."

그제야 안도하여 어깨에서 힘을 뺐다.

"상황 종료입니다. 수고하셨습니다."

"오오, 그래요?"

"어우, 엄청 힘드네요."

"하아, 빡세다……."

큰 위험은 없었지만 자잘한 견제와 이동들. 그리고 집중력이 상당히 소모되어 피로감이 모여들었다. 많은 이가 자리에 드러누웠다. 무혁 역시 그들과 마찬가지로 편하게 앉은 채로 흐뭇하게 미소를 지었다.

"고생했어, 오빠."

"너도."

"헤헤, 다람쥐가 생각보다 세더라고."

"응, 엄청 도움이 많이 됐어."

성민우와 김지연은 구석에서 그네들끼리 알콩달콩거렸고.

아무튼, 임무는 끝났다.

이제 충분히 휴식을 취하고 전장에 합류하면 되리라.

물론 방심은 금물. 무혁은 쉬면서도 틈틈이 스컬 스네이크로 전장을 확인했다.

압도적이네.

카이온 대륙의 유저가 녹아가는 중이다.

[공헌도(1)가 상승합니다.]

[공헌도(2)가 상승합니다.]

[공헌도…….]

무혁의 조원들도 활약을 하는지 공헌도가 쉴 새 없이 오른다.

그렇게 20분가량을 보내고.

"자, 이제 우리도 움직여 볼까요."

"그래야죠!"

"으으, 공헌도를 위해서라면……!"

막바지에 이른 전장으로 나아갔다. 1조가 가장 가까웠다.

"일단 여기부터 쓸어버리죠."

밀리고 있는 카이온 유저들의 뒤에서 모습을 드러냈다.

다수의 소환수들과 함께 그들의 힘을 빌려 크게 타격을 입혔고. 근접 소환수를 내보낸다.

"나도 갔다 올게."

"오빠, 죽지 말고!"

"알겠어."

단검을 꺼낸 무혁이 지면을 찼다.

윈드 스텝.

순식간에 소환수를 따라잡은 후 그 사이에 자리를 잡았다.

근접 소환수들이 카이온 유저를 꿰뚫어버리고 당황스러워하며 남은 힘을 쥐어짜 내어 발악했다. 하지만 숫자에서 워낙 차이가 나는지라 저들이 살아남을 가능성은 없어 보였다.

흠, 이 정도면…….

사실 무혁의 소환수는 큰 도움이 되지 않을 것 같았다.

좋아, 소환수 흡수.

소환수의 능력 일부를 흡수하는 능력. 소환수는 사라지지 않고, 대신 능력치가 크게 감소하지만 그 반대급부로 무혁의 신체 능력이 대폭 증가하는 스킬이다.

[흡수할 소환수를 선택해 주십시오.]

아이템을 강화하여 모든 스탯이 대폭 증가한 덕분에 MP도 부족하지 않았다. 덕분에 데스 스켈레톤을 포함한 나머지 스켈레톤 전부를 흡수하고도 충분히 여유로웠다.

[10분간 모든 능력치가 대폭 상승합니다.]

무혁은 기대를 감추지 않은 채 다리에 힘을 줬다.

푸와악!

엄청난 힘이 지면에 실리고 무서운 속도로 신체가 쏟아진다.

"후읍!"

결과는 가히 압도적.

놀란 무혁은 호흡을 참으며 어느새 가까워진 적대 유저를 향해 손에 들린 단검을 휘둘렀다.

"크억……?"

한 번의 공격이면 충분했다.

[공헌도(18)가 상승합니다.]
[스탯, 체력(0.0218)이 상승합니다.]

다음, 또 다음 유저까지도.

[스탯, 힘(0.0218)이 상승합니다.]
[스탯, 지식(0.0218)이 상승합니다.]

간간이 두 번을 공격해야 하는 유저가 나타났지만 그 숫자는 많지 않았다. 대부분의 유저는 무혁이 단지 스치면서 지나가는 것만으로도 목숨을 잃었다.

완전 신나잖아!

즐거운 표정을 숨기지 못한 채 전장을 휘젓기 시작했다.

⬤

빠르게 움직이는 무혁.

석, 서걱. 푸욱.

단검을 휘두르는 모습과 사라지는 유저들의 모습이 반복된 영상처럼 재생된다. 그 압도적인 광경이 주변으로 번져간다.

"……."

그 범위가 넓어지더니 이윽고 포르마 대륙의 1조 원 전부를 감싸 안았다.

"대단하네……."

"역시, 무혁 님인가."

이윽고 모두 공격을 멈추고 말았다. 무혁의 실력에 매료된 탓이었다.

"그래도, 저건 좀 뭐랄까. 기준을 넘어서지 않았나?"

"너무 세다는 거지?"

"어. 랭킹 2위, 2위 거리더니. 장난이 아니었구나."

"영상 못 봤냐?"

"편집의 힘인 줄 알았지. 아무리 그래도 저 정도일 줄 알았겠냐고."

"하긴. 괴물이 따로 없네."

"일인군단이야, 완전."

"혼자서 이, 삼백 명은 죽였지?"

"아마도."

"지금도 죽고 있지."

물론 소환수들의 도움이 간간이 있었다. 하지만 그게 무혁의 빛남을 감출 정도는 되지 못했다. 누구나 게임에서 최고가 되길 원하고, 혼자 무수한 유저를 상대로 이기길 바라지만 일루전은 그런 부분에서는 참으로 어려운 점이 많았다. 그런데 상상으로만 그리던 모습을 무혁이 직접 눈앞에서 보여주고 있으니, 어찌 황홀하지 않으랴.

"멋있다……."

"크, 나도 저렇게 되고 싶었는데."

"아직 늦은 건 아니지."

"하긴. 앞으로도 몇십 년은 일루전만 즐길 테니까."

"그럼, 그럼."

그 순간 무혁이 돌연 자리에 멈췄다.

"아……?"

카이온 유저가 전부 죽어버린 것이었다.

스윽.

무혁의 고개가 돌아간다.

소환수 흡수 스킬의 남은 시간은 1분. 이동하기에도 빠듯한 시간이었다.

어쩔 수 없지.

이 정도로 만족하고 지금부터는 조금 더 안전하게 움직일 수밖에.

"음? 근데 다들 뭐 해요?"

뒤늦게 주변의 어색한 공기를 캐치한 무혁이 고개를 갸웃거렸다. 그러고 보니 어느 순간부터 저들이 전투에 참여하지 않았던 것 같았다.

"하하, 그게⋯⋯."

난감해진 유저들의 웃음이 이어지고.

퍼억.

그 순간 달려온 성민우가 무혁의 뒤통수를 까버린다.

"윽, 뭐야?"

"멍청아, 네가 혼자 난리를 치니까 다들 멍하니 구경만 한 거잖아."

"아아, 그, 그래⋯⋯?"

무혁이 어색하게 웃으며 고개를 숙였다.

"크흠, 죄송합니다. 너무 신이 나서 그만."

"괜찮아요."

"맞아요, 저희도 구경 잘했습니다."

"크큭."

휴식은 필요가 없었다. 아직 이 뜨겁게 올라온 열기가 가라앉지 않았기에.

"자, 바로 움직이자고요!"

"맞아요. 아직 카이온 유저들 많이 남았으니까요."

"퀴넘 제국도 쓰러뜨려야죠."

"갑시다, 가!"

그렇게 자리를 이동하면서 흩어진 카이온 대륙의 유저들을 학살했다. 이미 다른 곳도 대부분 정리가 된 상태였기에 사실 크게 할 일은 없었다. 덕분에 빠르게 뭉칠 수 있었는데 아뮤르 공작은 곧바로 진군을 명령했다.

"이대로 퀴넘 제국을 점령하겠다!"

퀴넘 제국의 남문에 있던 초보자들은 기겁하며 도망쳤다.

하지만 그들은 퀴넘 제국으로 들어갈 수 없었다.

"미친, 문이 닫혔어!"

"야, 우린 들여보내 줘야지!"

"아, 빌어먹을……!"

결국 좌우로 흩어졌다.

"정지!"

아뮤르 공작은 성문이 닫힌 걸 확인한 후 자리에 멈췄다. 곧바로 장인을 불러 공성 병기를 제조하라 지시했다. 평소에는 움직이기 쉽게 해체를 하고 필요할 때만 제작을 하기에 시간적인 소모는 어쩔 수 없는 부분이었다. 다만, 장인들이 워낙 숙련자라 순식간에 조립되었기에 불만은 없었다.

"공격을 개시하라!"

"예!"

곧이어 공성 병기에 실린 강력한 힘이 퀴넘 제국을 두드리기 시작했다.

쾅, 콰앙!

성벽을 보호하는 실드 마법이 공성병기의 힘을 막아섰다. 그러나 아뮤르 공작의 표정은 조금도 달라지지 않았다.

이 정도는 당연한 일.

"각 조는 공격을 준비하라!"

공성병기만으로 부족하다면 유저들의 힘을 빌리면 되었으니까.

"공격!"

기다리던 유저들이 스킬을 난사했다. 비처럼 쏟아지는 힘에 제국의 성벽을 지키는 실드가 크게 흔들렸다.

한편 퀴넘 제국의 황제, 바르타오 3세가 눈을 감고 있었다.

쿠르르릉.

계속해서 이어지는 진동에도 달라지는 건 없었다.

"황제 폐하……."

총관 니오를 포함하여 귀족들이 겁먹은 표정으로 고개를 슬쩍 들었다. 그 순간 바르타오 3세가 눈을 떴다.

번쩍.

안광에서 뿜어진 힘에 급히 고개를 숙였다.

"상황이 좋지 않구나."

저들의 주력은 이방인이었다. 정예 병사를 보낸다면 막아낼 순 있을 것이다. 하지만, 그들 대부분이 죽게 되리라.

"허허……."

허탈한 웃음과 함께 총관 니오를 쳐다봤다.

"제국에 연락을 취하라."

"제국이라면······."

"동맹을 맺은 나머지 두 제국 말이다."

니오는 황제의 의중을 파악했다.

"무슨 소리인지는 알고 있겠지, 니오?"

"물론입니다. 제국에 도움을 청할 심산이 아니옵니까."

"그래, 맞다. 서둘러 진행하도록."

"예, 황제 폐하."

그러나 상황은 바르타오 3세의 바람대로 흐르지 않았다.

총관 니오의 미간이 일그러졌다.

"뭐라? 지원 요청을 들어주지 않고 있다고?"

"예, 총관님."

수정구를 통해 연락을 취한 마법사의 대답에 니오가 몸을 부르르 떨었다. 분노와 당황이 뒤섞인 감정이 주체할 수 없는 수준으로 뿜어진다.

"다시, 다시 연락해 보도록!"

"예."

연결되자마자 니오가 나섰다.

"퀴넘 제국의 총관 니오일세!"

-안녕하십니까.

"동맹국에 지원을 요청했는데 어찌 거절한단 말인가!

-죄송합니다. 좀 더 상황을 지켜보자고 하십니다.

"뭐? 지켜본다고?"

-예.

"지금 상황에서 뭘 지켜본단 말인가!"

-아직 여력이 있는 것으로 압니다만. 저희 또한 사정이 여의치 않기도 하고 말입니다.

"사정? 도대체 무슨 사정 말인가!"

-그건 말씀을 드리기가 곤란합니다.

"이익……!"

-바빠서 이만 끊겠습니다.

연락이 끊어졌다.

"감히……!"

한동안 분노에 떨던 니오가 겨우 냉정을 찾고서 황제를 찾아갔다.

"폐하."

"그래, 일은 잘 진행되었나?"

"그것이……."

니오의 태도가 이상함을 느낀 바르타오 3세가 입매를 일그러뜨렸다.

"뭐라더냐, 그곳에서?"

"아직 상황을 더 지켜보자는 말만 전해왔습니다……."

"뭐라?"

"지원군을 기대하는 건 아무래도 어려울 것 같습니다."

"큭, 크하하하! 재밌구나, 재밌어."

카이온 대륙의 나머지 두 제국은 퀴넘 제국이 빼앗겨도 신경 쓰지 않겠다는 소리였다. 하긴, 그들의 입장에서야 어차피 퀴넘 제국은 남이었을 뿐이기에.

"크큭, 그래. 말로만 동맹이었지. 그 사실을 잠시 망각했어."

"어찌할까요, 폐하."

"후후. 내 대에 이런 일이 벌어지다니. 정말 웃음밖에 나오지 않는구나."

그 와중에도 건물은 흔들렸다.

쿵, 쿠우웅.

"폐하, 곧 실드가 부서질 것 같습니다."

"폐하, 이제 결정을 내리셔야 합니다!"

귀족들 역시 급해졌다.

바르타오 3세는 끝내 선택할 수밖에 없었다.

"내주어라."

"폐, 폐하……?"

"폐하! 차라리 정에 병사들을……!"

"아니, 애꿎은 희생은 불필요한 법. 번복은 없다. 그렇게 하라."

총관 니오가 몸을 일으켰다. 곧바로 성벽으로 올라 하얀 깃발을 꽂았다. 항복의 표시였다.

제3장
스타팅 포인트

깃발을 확인하자마자 아뮤르 공작이 증폭 마법의 도움을 받아 의사를 전달했다.

"모두 멈추도록!"

장인들은 물론이고 유저들도 공격을 중단했다.

"적들이 항복했으니 곧 문이 열릴 것이다!"

"우오오오오!"

"역시 별거 아니었잖아."

"우리가 센 거지."

"그런가? 크큭."

대화를 나누는 사이 퀴넘 제국의 닫힌 문이 열리기 시작했다. 아뮤르 공작을 선두로 하여 병사들, 그리고 유저들이 뒤를 따른다. 그야말로 당당한 모습으로 진입한 것이다.

나아가던 아뮤르 공작이 걸음을 멈췄다.

"오랜만에 뵙습니다."

퀴넘 제국의 황제, 바르타오 3세가 기다리고 있었다.

"그렇군. 반갑네."

"이런 상황에서 만나 안타까울 뿐입니다, 폐하."

"나도 그렇게 생각하네."

둘은 잠시 서로를 바라봤다. 분명 아뮤르 공작의 승리였으나 그는 제국의 황제. 결코 함부로 대할 신분이 아니었다. 게다가 아무리 전쟁이라도 하더라도 대륙간의 싸움이었다.

솔직한 말로 대륙 전부를 집어삼킬 수는 없는 법. 힘을 보여줌으로써 원하는 것을 얻는다면 그것으로 충분했다. 지금의 싸움은 그 결과를 얻기 위한 과정.

"일단 들어가지."

"예, 폐하."

아뮤르 공작이 고개를 돌려 유저들을 눈에 담았다.

"자네들은 충분히 휴식을 취하게."

아뮤르 공작과 황제가 떠나고 유저들은 제국의 내부를 돌아다니면서 구경을 하거나, 혹은 식당으로 들어가 음식들을 먹으며 여유를 즐겼다. 그 모습을 바라보고 있던 무혁의 눈동자가 순간 반짝였다.

"어, 저기 잠시만요!"

급히 증폭 마법을 사용해 유저들을 불렀다.

"갑자기 한 가지가 떠올라서 그러는데요."

유저들이 고개를 갸웃거렸다.

"퀴넘 제국을 스타팅 지점으로 정하는 건 어떨까요?"

"네?"

"스타팅 지점으로요?"

"네, 스타팅 지점을 바꾸지 않는 이유가, 혹시나 카이온 대륙에서 살아날 때마다 죽을지도 모르기 때문이잖아요? 근데 퀴넘 제국은 카이온 대륙 제국이기도 하고 또 우리가 항복을 받아낸 곳이니 괜찮을 것 같아서요."

"으음……."

"확실히, 위험 요소가 많이 줄어들긴 하겠네요."

일부 유저가 동의했다.

"그래도 미래는 모르는 일이니……."

"네, 그렇죠. 강요는 아니고요. 한 번 생각해 보라고 말씀드렸어요."

물론 무혁은 이곳을 스타팅으로 정할 생각이었다.

"오, 괜찮네."

"난 오빠랑 같이면 어디라도 좋아."

성민우와 예린, 김지연도 동의했다.

"그럼 여기로 정하자."

"응!"

[사망할 경우, 퀴넘 제국에서 부활합니다.]

이젠 죽어도 하루만 지나면 다시 전투에 참여할 수 있게 되었다.

"공헌도 높아서 보상 제대로 받아보자고."

"오케이!"

"완전 좋아!"

◈

"아아, 좋구나!"

"갑자기 뭐야."

"그냥 좋잖아."

"적지에서 이런 여유라니 좀 어색한데, 나는."

"그치? 나두……."

무혁은 고개를 끄덕이며 예린과 김지연의 대화에 동의를 표했다. 한 사람, 성민우는 고개까지 치켜들면서 자유를 느꼈다.

"뭐가 어색해. 난 좋은데. 아아, 너무너무 좋다!"

"미친놈."

"정말, 이상하다니까."

"나, 나두 그렇게 생각해. 그, 그렇지만 그래도 좋은 사람인걸……."

김지연의 말에 성민우가 헤죽거리며 웃었다.

"자유를 가슴으로 느껴보라고! 얼마나 좋은데."

"쯧."

"정말……."

혀를 한 번 차긴 했지만 사실상 무혁과 예린의 입가에도 미소가 가득. 낯선 경험이긴 했지만 그래서 더 즐거운 점도 분명 있었으니까.

"자, 밥도 먹었고."

"오빠, 또 강화 작업하려고?"

"그래야지."

"그럼 나두 다람쥐들 강화나 좀 해야겠다. 같이 가자."

"그래."

예린과 무혁, 둘은 자리를 잡고서 각자의 작업에 집중했다. 그사이 아뮤르 공작과 바르타오 3세는 충분한 대화를 나눴고 서로에게 흡족한 결과로 끝맺을 수 있었다.

"그러면 확실한 보상을 부탁드립니다."

"걱정하지 말게."

"또한……."

"전쟁이 끝나면, 알테온 백작에 대해서도 확실히 말을 해두 겠네."

"감사합니다."

"위로 갈 건가?"

"네, 아무래도 나머지 제국은 협조하지 않는 것 같으니까요."

"그렇군. 쉬었다 가게."

"알겠습니다."

아뮤르 공작이 몸을 일으켰다.

"그럼."

인사를 하고 밖으로 나온 그는 병사와 포르마 대륙 유저들에게 상황을 전파했다.

"해서, 이틀간 충분히 쉰 후에 출발하도록 하겠다. 그동안은 성문을 닫은 채 지낼 것인즉, 위험한 일은 없을 테니 안심하도록."

"오오, 오랜만에 휴식이구만."

"후아. 난 로그아웃한다. 내일 보자고."

"나도!"

유저들이 빠르게 줄어들었다. 지금까지의 일정이 고되었던 만큼 휴식이 필요했기 때문이다.

"우리도 갈까."

"오랜만에 밖에서 봐, 오빠."

"좋지. 맥주나 한잔?"

"응!"

뒤이어 성민우와 김지연도 로그아웃을 했다.

캉, 카앙!

예린과 무혁은 작업에 열중했다.

"아, 성공이다!"

곧이어 다람쥐 강화에 성공한 예린이 환하게 웃으며 고개를 옆으로 돌렸다. 그곳에는 여전히 작업에 집중하고 있는 무혁이 있었다. 가만히 그를 쳐다보고 있는데 뒤에서 인기척이 느껴졌다. 고개를 돌리니 퀴넘 제국의 문양이 그려진 갑옷을 입은 다수의 사내가 보였다. 순간 선두에 있던 기사단장이 예린의 아름다움에 놀라며 걸음을 멈췄다.

"호오, 예쁘군."

예린이 미간을 살짝 찌푸렸다.

어투와 태도. 두 가지에서 달갑지 않은 분위기를 느낀 탓이었다.

"퀴넘 제국의 황제 폐하께서 특별히 너희들을 이곳에 머무르라고 한 이유를 알겠다."

"무슨 소리죠?"

"이렇게 아름다운 이들이 곳곳에 있으니……!"

순간 기사단장이 비릿하게 웃었다.

"함께 어울리라는 뜻이 아니겠는가."

단장이 예린에게 다가갔다.

"따라오도록."

"아니, 지금 무슨 소리를……!"

그 순간 예린의 옆에서 작업을 하던 무혁이 자리에서 일어났다.

"아, 오빠."

"후우."

집중력이 깨지면서 기사단장이 하는 말을 얼추 들은 무혁. 아무리 게임이라곤 하지만 사랑하는 사람이 저런 일을 당하니 화가 목구멍까지 치밀었다.

"지금, 뭐라고 했냐?"

"허, 이방인 주제에 감히 기사한테 반말짓거리라니. 폐하께서 특별히 너희를 가엾게 여겨 받아들였으면 분수를 알아야지! 사내놈은 빠지고, 여인만 따라오도록 해라. 그냥 우리와 함께 즐거운 시간을 보내면 되는 것이니."

무혁이 피식하고 웃었다.

재밌어서, 즐거워서가 아니라. 짜증이 치밀어서. 분노가 극에 달해서.

이미 주변은 구경꾼으로 가득한 상태.

"허, 저 기사 미친 건가?"

"쯧. 가끔 저런 꽉 막힌 머저리가 있더라고."

"기사나 귀족이나……."

"안 그런 NPC도 많긴 하지."

"문제는 저 머저리가 무혁 님한테 저런다는 건데……."

"일단 지켜보자고."

그들의 대화조차 귀에 들어오지 않았다.

오직 한 명. 눈앞에 있는 기사만이 시야에 차오른다.

꽈악.

그때, 옆에 있던 예린의 감촉이 팔뚝으로 전해졌다.

"오빠."

"아아……."

겨우 냉정을 되찾고 그녀를 쳐다봤다.

"괜찮아? 놀랐지?"

"응, 조금."

"저 기사 놈은 어쩔까?"

"죽기 전까지 패버려."

그녀의 말에 무혁이 웃었다.

"그래."

대답과 함께 스켈레톤을 전부 불러냈다. 사방에서 튀어나온 스켈레톤으로 인해 조금은 당황한 듯한 표정을 짓는 기사단장.

"이, 이게 무슨 짓이지!"

"뭐긴. 모자란 놈 구제하는 거지. 일단 쓸모없는 그 머리부터 뜯어고치자고."

순간 무혁의 손이 빠르게 움직였다.

스슥, 팡!

순식간에 시위에 화살을 걸어 날린 것이다. 거리가 가까웠던 터라 기사는 피할 생각도 하지 못했다. 화살은 그대로 기사의 투구에 꽂혔다.

"크헉!"

큰 충격에 기사의 머리가 휙 하고 돌아갔다.

"이, 이 미친……!"

뒤로 물러나며 충격을 해소한 기사가 뒤로 젖혀진 고개를 들어 올렸지만 다시금 쏘아진 화살이 같은 부위를 가격했다.

콰앙!

이번에는 앞선 것보다 조금 더 강력했다.

"고, 공격해!"

그의 지시에 다른 기사들이 엉거주춤 나섰다. 그들은 단장만큼이나 멍청이는 아니었던지라 상황이 좋지 않음을 충분히 이해하고 있었다. 다만 한 사람, 단장은 권력에 취해 상황을 제대로 이해하려 들지 않았다. 아무리 퀴넘 제국이라 하더라도 전쟁에서 패배한 상황이었으니 이들을 대우해야 함이 마땅했으나 그는 그런 상식조차 없어 보였다.

"어서 공격하라고!"

"에잇……!"

하지만 기사라면 명령에 따라야 하는 법. 일부 기사가 덤벼들었다. 그러나 그들은 움직이자마자 자리에 굳어버렸다. 부르탄이 기파를 날린 탓이었다.

"어, 어어……!"

균형이 흐트러진 기사들에게로 아머나이트와 아머기마병이 거리를 좁혔다. 도망칠 길이 없도록 견고하게 그들을 포위한 것이다. 포위망 밖으로 기마궁수와 아머메이지가 자리를 잡았다. 그것만으로도 기사들은 어찌해야 할 바를 모른 채 눈알만 굴렸다.

"으, 으으. 감히, 감히……!"

그러나 기사단장은 여전히 정신을 차리지 못했다.

"감히!"

일그러진 표정으로 검을 뽑아 들더니 앞에 있는 스켈레톤에게 휘둘렀다. 그러나 아머나이트는 어렵지 않게 방패로 그의 공격을 막아냈다. 몇 번이나 공격을 시도했지만 아머나이트는 꿈쩍도 하지 않았다.

HP가 조금씩 줄어들긴 했지만 암흑 치유의 정령이 수시로 회복 스킬을 사용하고 있었기 때문이다.

압도적인 힘의 우위였으나.

"으아아아악, 죽어어어!"

기사단장은 현실을 파악하지 못하고 있었다.

뭘 믿는 것일까.

이곳이 퀴넘 제국이라는 것?

그런 건 무혁에겐 장애가 되지 않았다.

정신을 못 차린다면…… 정말 제대로 상대할 수밖에.

스윽.

단검을 뽑은 후 천천히 걸음을 옮겼다. 스켈레톤들이 모세의 기적처럼 갈라지며 무혁이 나아갈 길을 만들어줬다. 정면으로 기사단장을 마주하며 거리를 좁힐 때마다 그의 몸부림도 서서히 잦아들었다.

무혁에게서 느껴지는 스산한 기세를 직시한 탓이리라.

"여, 여긴 퀴넘 제국이다!"

"그래서?"

"폐, 폐하께서 계신 곳이란 말이다!"

"어쩌란 거지?"

"나, 나를 해하면 무사할 것 같으냐!"

"상관없는데?"

"감히, 감히……!"

"그 말도 지겨워."

어느새 지척에 도달했다.

후웅.

무혁의 손에 들린 단검이 휘둘러졌다. 그대로 기사단장의 머리를 박살이라도 내버릴 것처럼 단검이 내리꽂혔다.

콰드득!

그러나 투구도 어지간히 단단한지 무혁의 공격에도 흔들림이 없었다. 다만, 투구를 착용하고 있는 기사단장은 머리에서 느껴지는 통증에 정신을 차리지 못했다.

"으, 으어어……!"

"내가 말했지? 머리부터 뜯어고치자고."

무혁의 단검이 다시 휘둘러졌다.

쾅, 콰드득!

단검은 마치 해머처럼 투구를 두드렸다.

"크, 크억! 크헙……!"

그럴 때마다 기사단장은 비틀거리며 물러나거나 주저앉으려 했지만 그마저도 불가능했다. 어느새 다가온 아머나이트가 옆구리로 파고들어 그를 지탱해 줬기 때문이다.

"그, 그마안……!"

당연히 멈출 무혁이 아니었다. 끝없이 공격을 가했다. 기사단장의 눈이 까뒤집힐 때까지.

"제, 제으바알……."

기절하기 일보 직전의 상황.

"멈춰라!"

그 순간 어디선가 묵직한 음성이 들려왔다. 퀴넘 제국의 총관, 니오였다.

"지금 이게 무슨 짓들인가!"

그러나 무혁은 그를 힐끔 쳐다봤다. 앞에 있는 기사들이 예를 갖추는 것으로 봐서는 범상치 않은 신분이리라. 하지만 그렇다고 공격을 멈추고 싶진 않았다. 아직 예린에 대한 복수심에 모두 사라지지 않았으니까. 여전히 분노가 남아 가슴 한 곳에 응어리가 있는 상태였다. 현실도 아닌 게임에서까지 참고 싶지도 않았고.

스윽.

다시금 손에 들린 단검을 내리꽂았다.

콰지직.

결국 투구의 내구도가 0이 되었는지 부서지고 말았다. 동시에 기사단장도 기절하며 바닥으로 허물어졌다.

"후."

그제야 단검을 허리춤에 달린 검집에 꽂아 넣었다.

고개를 돌려 니오를 쳐다봤다.

니오 역시 무혁을 무서운 시선으로 바라봤다.

일촉즉발의 신경전이 흐르는 가운데.

"허허."

웃으며 나타난 아뮤르 공작이 흐름을 깨뜨렸다.

"니오 총관. 오랜만이군."

"아, 예. 오랜만입니다, 아뮤르 공작님."

"그래, 무슨 일인가."

아뮤르 공작은 굳이 카이온 대륙의 기사를 쳐다보며 물었다. 기사가 우물쭈물 거리자 총관이 크게 호통을 쳤다.

"어서 말하거라!"

"예, 예. 그것이……."

기사의 이야기가 이어질수록 니오 총관과 아뮤르 공작의 표정이 굳어졌다.

"그런 일이 있었군."

아뮤르 공작이 니오 총관을 쳐다봤다.

"이거 내부가 썩어가는군. 안 그런가, 니오 총관?"

"말씀이 심하십니다."

"허허, 조금도 심하지 않은 것 같군."

"그래도 기사가 일개 이방인에게……!"

"일개 이방인이 아니라. 포르마 대륙의 귀족, 무혁 남작일세."

물론 준남작이었지만 굳이 그 사실은 언급하진 않았다.

"귀족…… 이었습니까?"

"그렇다네."

니오 총관이 눈을 질끈 감아버렸다.

"일개 기사가 귀족에게 무례를 범했군."

"으음……!"

"아무래도 해야 할 이야기가 많겠군. 참, 무혁 남작."

"네, 공작님."

"미안하게 됐군. 이들에게서 사과와 함께 충분한 보상도 받아주도록 하겠네. 기대하게."

"감사합니다."

"총관, 자네는 나랑 안으로 들어가서 마저 이야기하지."

"예……."

상황은 아뮤르 공작에게도, 무혁에게도 유리한 방향으로 흘러갔다. 그제야 그들에게서 시선을 뗀 무혁이 예린을 토닥여 줬다.

"이제 괜찮지?"

"응, 좀 심하게 때린 것 같기는 한데……. 그래도 좋아. 오빠가 나 때문에 화내준 거니까."

"다행이네."

"헤헤. 오빠, 기분도 별로였는데. 우리도 이제 좀 쉴까?"

"좋지. 음, 혹시 많이 피곤해?"

무혁의 질문에 예린이 고개를 저었다.

"그럼 오늘 볼까?"

"응, 좋아!"

어차피 이틀은 휴식이었으니 시간은 충분했다.

"그럼 오랜만에 내가 강릉으로 갈게."

"진짜?"

"응, 준비하고 있어."

"알겠어!"

무혁은 로그아웃한 후 외출 준비를 했다. 조금 피곤했기에 운전은 어려웠고 오랜만에 열차의 티켓을 끊어서 탔다. 생각보다 빨리 도착한 무혁은 예린이 살고 있는 집 근처로 이동했다.

[오빠, 어디야?]

[나, 거의 다 왔어. 집 근처야.]

[지금 나갈게!]

[그래.]

3분 정도 지나니 저 멀리 그녀가 보였다.

"오빠!"

"어, 여기."

무혁의 품에 안기는 예린. 둘은 피곤한 몸을 이끌고 몇 군데를 돌아다닌 후 근처 호텔로 들어가 잠을 청했다. 눈을 떴을 땐 이미 해가 떨어진 저녁이었지만 두 사람은 개의치 않고 강릉의 번화가 거리를 돌아다니며 데이트를 즐겼다.

[현재 포르마 대륙에서 카이온 대륙으로 공격을……]

퀴넘 제국이 정복되었다.

그 소식이 곳곳에 퍼졌다.

대한민국은 물론이고 전 세계적으로 말이다.

[결국 퀴넘 제국이 항복을 선언하게 되면서……]

모든 화제가 그곳으로 집중되었다.

"대박이라고, 대박!"

"역시, 무혁 유저야!"

가장 이득을 본 것은 일루전의 세계였다. 무혁을 집중적으로 따라다니면서 촬영을 하게 되었는데 마침 그가 유저를 이끄는 지휘자가 되었고 거기에 아뮤르 공작과 유독 친해서 이런저런 이야기까지 나눴기 때문이다.

무엇보다 영상이 좋았다.

스켈레톤들의 멋들어짐은 물론이고 그들을 지휘하는 카리스마. 게다가 스킬의 조화로움까지.

"지금 연락이 장난이 아니에요."

"무슨 연락?"

"광고 회사 말이에요. 무혁 유저랑 연결 좀 해달라고 얼마나 부탁을 하는지……."

"흐음."

후배 PD의 말에 김민호 PD가 신중하게 고민했다.

"안 그래도 재계약으로 만나기로 하긴 했는데……."

"진짜요? 말 좀 해주세요, 제발!"

"CF, 맞지?"

"네, 엄청 많아요! 이거만 해도…… 어우."

"괜찮으려나."

"아이고, 무혁 유저한테도 좋은 일인데요."

"그렇겠지?"

"그럼요!"

"알았어. 일단 만나면 말은 해볼게. 근데, 연결해 주면?"

"광고 회사에서 특별히 무료로……."

"흐음. 오케이, 알았어."

마침 퀴넘 제국을 함락하고 휴식을 취하고 있을 시간이었다. 김민호 PD는 일단 무혁에게 문자 하나를 남겼다.

[김민호 PD입니다. 계약 관련이랑 또 드릴 말도 있고 한데, 시간 되시나요?]

10분 뒤에 답장이 왔다.

[아, 지금 강릉이라서요.]

[그러면 내일은 괜찮으신지.]

[내일은 됩니다.]

[잠깐 뵐 수 있을까요.]

[음, 그러면 오전에 괜찮으세요?]

[괜찮습니다.]

[그럼 오전 9시 정도에 서울역 앞에서 뵐게요.]

[알겠습니다!]

예린과 헤어지고 열차를 타고 서울로 향했다. 역 앞에서 기다리고 있는 김민호 PD를 만나 근처 카페로 들어갔다.

"하실 말씀이?"

"네, 일단 커피라도 마시면서 들으시죠."

"아, 네."

무혁은 아메리카노 한 잔을 마셨다.

특유의 쓴맛. 피곤함이 사라지는 기분이다.

"그, 재계약 문제도 있고……."

"아아."

"이번에는 전보다 더 파격적인 대우를 해드릴 수 있습니다. 최근 10강짜리 무기도 제작하셨고 또 동영상 하나가 엄청나게 이슈가 되어서 여러모로 득을 많이 봤습니다. 게다가 전쟁에서도 활약을 해주시니……. 하하."

"그러셨군요."

"저희 입장에서는 최고죠. 아무튼, 재계약 의사는 있으신가요?"

"음……."

무혁은 잠시 고민했다.

좀 귀찮긴 한데.

이제는 장인의 강화로 돈도 크게 벌 수 있는 상황이라 웬만하면 거절할 생각이었다. 이슈가 되어 집중을 받는 건 좋은 점도 있지만 꽤 귀찮은 점도 있었으니까.

"일단 계약서라도 한번 읽어보시죠."

"그럴까요."

무혁은 계약서를 확인했다. 조건은 확실히 좋았다.

"시청률이 0.1퍼센트 오를 때마다 천만 원의 금액을 지불한다고 적혀 있네요?"

"예, 제가 본 계약서 중에서 최고입니다."

확실히 이 정도라면 나쁘진 않았다. 1퍼센트면 1억.

"특수 옵션으로 3퍼센트가 오르면 4억을. 5퍼센트가 오르면 8억을 지급합니다. 10퍼센트가 오르면 15억이고요. 20퍼센트가 더 오르면 30억입니다."

"엄청나군요."

"사실 현실적으로 3퍼센트나 5퍼센트를 보고 있습니다. 정말 대박이 나면 10퍼센트까지도 가능할 것 같고요."

"흐음."

"여기에 유료로 판매되는 매출의 5퍼센트가 추가로 지급됩니다."

"유료라면……?"

"국내는 물론 국외에서 일정 금액을 지불하고 영상을 시청하는 모든 경우를 말합니다."

듣다 보니 마음이 동했다. 이 정도면 돈도 되고. 게다가 꾸준하다는 점이 마음에 들었다.

귀찮음보다 이득이 더 큰 느낌.

"어떠신지……."

"확실히 조건이 많이 좋아졌네요."

"물론이죠. 최고입니다, 최고!"

"음, 좋아요. 갱신하죠."

"하하, 잘 생각하셨습니다. 아, 그리고……."

"네. 뭐, 또 있나요?"

"광고 업체에서 연결을 좀 해달라고 하더라고요."

"광고 업체요?"

"네, CF를 제안할 것 같습니다."

이건 생각할 필요도 없었다.

이건 귀찮아.

CF 촬영이 얼마나 고될지 생각하는 것만으로도 절로 몸서리가 쳐졌다.

"거절할게요."

"액수가 상당할 텐데요."

"그래도 상관없어요."

"아, 네. 그렇게 전하겠습니다. 그럼 일단 저희랑 계약서 작성부터 하실까요?"

"그러죠."

무혁은 계약을 새롭게 작성한 후 집으로 돌아갔다.

으, 피곤해.

낮밤이 완전히 바뀐 상황이라 잠이 몰려왔다.

좀 자자.

곧바로 옷을 갈아입고 침대에 누워 잠을 청했다.

잠에서 깬 무혁은 이른 시간, 일루전에 접속했다.

강화나 하자.

아직 해야 할 강화가 꽤 있었다.

남은 스켈레톤의 장비. 무혁이 착용한 장비들 역시 1강 정도
씩은 더 높일 수 있었다. 그래도 웃을 수 있는 이유는 드디어
그 끝이 보이기 시작했기 때문이었다.

얼마 안 남았어.

좀비술사의 힘을 얻을 때 함께했던 이들에게는 틈틈이 강
화를 한 덕분에 전부 끝이 난 상황이었고 무혁 본인의 스펙을
높이는 것에만 집중하면 되었다.

캉, 카앙!

그렇게 몇 시간이 흐르고.

"오빠!"

"어, 왔어?"

예린이 일루전에 접속했다.

"잘 잤고?"

"그럼."

그녀와 함께 다시 작업을 이어가길 1시간가량.

"오, 자네 여기 있었군."

아뮤르 공작의 나타났다.

"아, 네."

"찾고 있었네."

"무슨 일로······?"

아뮤르 공작이 오른쪽에 함께하던 자를 보냈다.

"허허, 내가 전에 말했지 않나. 일단 기다려 보게. 자네는 서둘러 그를 불러오고."

"예, 공작님."

아뮤르 공작이 허허롭게 웃으며 이런저런 이야기를 하는 사이.

"오, 저기 오는군."

기사단장과 총관이 모습을 드러냈다. 기사단장은 무혁과 예린을 발견하고는 갑자기 속도를 높이더니 빠르게 접근해 왔다. 둘의 앞에 멈춘 그가 허리를 배꼽에 닿을 것처럼 숙였다.

"죄송합니다! 용서해 주십시오!"

무혁은 무심히 그를 내려다봤다. 이내 예린을 처다봤다. 그녀의 머리를 가볍게 쓰다듬으며 웃었다.

예린도 미소를 짓는다.

"특별히, 용서해 줄게요. 근데 사과 한마디로 끝내기엔 좀 아쉽네요."

"예⋯⋯?"

"제가 이방인이라고 막 대했던 거잖아요?"

"그, 그게⋯⋯."

"그러니까 1년간 이방인을 위한 봉사 활동에 참여하세요. 그 정도면 저도 괜찮을 것 같아요."

그에 아뮤르 공작이 총관 니오를 처다봤고, 그가 고개를 끄덕이는 것으로 예린의 요구는 수용되었다.

"허허, 잘 마무리되었군. 이게 끝이 아니지. 안 그런가?"

"맞습니다."

총관 니오가 품에서 무언가를 꺼냈다.

작은 상자 둘. 그것을 예린과 무혁에게 하나씩 건넸다.

"충분한 보상이 되길 바랍니다."

"저도 그랬으면 좋겠군요."

무혁은 일단 상자를 인벤토리에 넣었다. 예린도 그 모습을 보고 상자를 확인하지 않았다. 총관 니오는 그 모습에 살짝 눈썹을 꿈틀거렸지만 이내 웃으며 물러났다.

"허허, 충분히 만족스러울 것이야."

"감사합니다."

"인사는 무슨. 그보다 해가 머리 위에 뜨면 출발할 생각이니 준비해 주게."

"네."

그렇게 퀴넘 제국에서의 작은 사건 하나가 깔끔하게 마무리되었다.

하지만 누군가에겐 그 작은 사건조차 거슬린 모양이었다.

카이온 대륙에는 세 개의 제국이 존재한다. 퀴넘 제국과 브라운 제국, 마지막으로 알테온 백작을 숨긴 것에 가장 큰 역할을 한 하라센 제국이 그 주인공들이다.

퀴넘 제국은 항복을 한 상태라 남은 건 두 개의 제국이었는데 지금, 두 제국의 황제를 대표한다고 할 수 있는 고위 귀족이 한자리에 모여 가벼운 대화를 주고받았다.

"쯧. 항복이라니. 창피하지도 않은지."

"허허. 퀴넘 제국이 그렇지요, 뭐."

"그건 그렇고 브라운 제국의 입장은 어떻소."

"군이 말해야 하나 싶기 한데……."

"확실하게 해야 잡음이 없겠지요."

그에 브라운 제국의 고위 귀족이 고개를 끄덕였다.

"그렇지요. 흠, 우리는 뭐 처음과 같소이다. 퀴넘 제국보다는 하라센 제국에 더 도움을 주고 싶소. 우리도 받은 게 있으니."

"후후, 고맙소이다. 그런 의미에서 말인데……."

"말해보시오."

"좋지 않은 소식이 들리더군요. 무혁이라는 이방인은 들어보셨겠지요."

"들어봤소."

"그자가 우리 카이온을 욕보였다고 들었소."

"허허. 그것이야 퀴넘 제국의 문제가 아니겠소?"

하라센 제국의 귀족이 고개를 저었다.

"망신을 당한 기사단장이 실은 우리가 후원하던 자라……."

"허어, 그런."

"어차피 무혁이란 이방인이야 이번 대규모 전투에서 처리하면 된다지만 문제가 하나 있더군요."

"흐음, 뭐가 문제인 것이오."

"예전에 그 이방인을 도와줬던 곳이 있지 뭐겠소."

"그를 도와줬던 곳?"

"그렇소."

"거기가 어디오?"

"백호세가라 하더이다."

순간 브라운 제국의 귀족이 표정을 굳혔다.

"백호세가, 말이오?"

"그렇소. 무혁이란 이방인이 사용하는 기술과 거기서 쓰는 기술이 같다고 들었소. 어쩌면 무혁이란 이방인과 아직도 연결되어 있을지도 모르는 것이고……."

"으음……!"

이건 쉽사리 결정하기 어려운 문제였다.

백호세가. 그들은 분명 북쪽에 위치한 자들이다. 브라운 제국에 속한 이들이긴 하지만 지닌 힘이 어느 정도인지는 정확하게 파악하지 못했다.

다만 한 가지, 결코 범상치 않다는 것만은 알고 있었다.

"우리말도 잘 안 듣는 녀석이긴 한데……."

물론 그들과의 교류는 극히 적었기에 애정이 있는 것은 아니었지만 괜히 벌집을 건드릴 필요는 없었다.

"그곳을 한번 흔들어보는 게 어떻겠소."

"흐음."

쉽게 대답하지 않았다.

그에 브라운 제국의 귀족이 비릿한 미소를 지었다.

"우리도 힘을 보탤 것이오. 거기에…… 그것을 드리지요."

"그것이라면……."

"아시지 않소이까."

순간 하라센 귀족의 표정이 풀어졌다.

"그 정도라면, 뭐."

"이것으로 거래는 성립된 것이오."

"물론이오."

예상치 못한 어두운 그림자가 백호세가에 드리워졌다.

백호세가의 가주실.

"가주님 오십니다."

그에 좌우에 위치하고 있던 호법과 그 밑으로 장로들, 전투부대의 단장들 모두가 자리에서 일어나 그를 맞이했다.

가주, 백호운이 상석에 위치했다.

"앉지."

그제야 나머지 인물들도 자리에 앉았다.

"그래, 좋지 않은 소식이 있다고?"

좌호법이 한 걸음 나섰다.

"예, 브라운 제국에 심어둔 자에게서 확보한 정보입니다. 현재 브라운 제국과 하라센 제국에서 이곳, 백호세가를 공격하기 위해 병사를 보냈다고 합니다."

"허어, 도대체 왜……?"

"이유는 아직 파악하지 못했습니다."

"그걸 굳이 들어야 아나? 하라센 제국이야 항상 우리를 못마땅하게 여겼지 않나."

"정확하게는 세가 뒤의 산맥을 노린 거지만."

"흐흐, 우리가 그걸 막았었지."

장로들의 대화에 문주가 침묵을 지켰다.

아직은 입을 열 때가 아니었다.

"크흠."

마침 좌호법이 헛기침을 했고 그에 장로들도 입을 다물고 그를 쳐다봤다.

"좀 더 확신을 위해 몇 가지 조사를 진행했습니다. 앞서 전달받은 내용대로 브라운 제국과 하라센 제국의 정예 기사단이 이곳으로 오고 있었습니다. 몬스터가 없는 길. 그중에서도 가장 빠른 길로 움직이는 것으로 봐서는 생각보다 빨리 이곳에 당도할 것으로 추측됩니다."

"문주님, 어찌할까요."

"조금 더 지켜봐야 하지 않겠습니까?"

"우리도 준비해야지요!"

여러 의견이 들려오는 가운데 한 가지 소식이 더 전해졌다.

"지금 막 들어온 정보입니다. 하라센 제국에 심어놓은 녀석인데……."

"뭐라고 하지?"

"무혁, 기억나십니까?"

"나고말고."

"하라센 제국에서 무혁이 사용하던 기술이 우리와 같다며 꼬투리를 잡았습니다."

그제야 한 가지를 깨달았다.

"아아……"

지금이 전시라는 사실을 말이다.

그걸 빌미로 삼아서.

"우리를, 포르마 대륙과 엮겠다……?"

"그렇게 추정됩니다."

무혁을 탓할 이유는 없었다. 그저 작은 것에도 사사건건 시비를 거는 하라센 제국이 문제일 뿐이었으니까.

게다가 절망할 필요도 없었다. 백호세가, 그들에겐 힘이 있었기에.

결정을 내린 백호운이 몸을 일으켰다.

"총력전이다. 준비하도록."

"예, 문주님!"

무혁이 요리를 했고 예린은 기다리며 수다를 떨었다.

"그랬어?"

"응, 요즘 엄마가 난리야."

"흐음. 그러면……."

"응, 그러면 뭐?"

"시간 될 때 한번 같이 뵙자."

"진짜, 진짜?"

"그래."

"전에도 그렇게 말했었는데……."

"이번엔 진짜."

"꺄아아! 오빠, 사랑해!"

"나두 사랑해."

애정 표시를 하는 사이 요리가 끝났다.

"자, 이제 먹자."

"응!"

오랜만에 했지만 요리 스킬의 레벨이 어디 가는 건 아니었다. 아주 뛰어난 맛의 향연에 두 사람은 행복하게 웃었다.

"참, 보상도 확인해야지."

"아, 맞다!"

둘은 동시에 상자를 꺼냈다.

뭐가 있으려나.

무려 퀴넘 제국에서의 선물이었으니 당연히 기대되었다.

"오빠, 나 확인한다?"

"그래."

먼저 에린이 상자의 닫힌 뚜껑을 열었다.

하얀 색깔의 망토가 보였다.

"와, 색깔 예쁘다⋯⋯!"

"옵션은 어때?"

"아, 잠깐만."

예린이 망토를 확인했다. 그녀의 눈이 커졌다.

"우, 우와⋯⋯! 오빠, 오빠 엄청나, 이거."

"뭔데?"

"지, 직접 봐."

무혁이 머리핀을 받았다.

[천상의 망토]

모든 방어력 +40

모든 능력치 +20

HP +1,000

MP +1,000

[특수 옵션]

조련수의 모든 능력치 +3%

무혁의 머리가 끄덕여진다.

엄청나네, 특수 옵션이.

아마도 예린이 조련사임을 알고 조련수의 능력치가 오르는 아이템을 마련한 모양이었다. 그녀의 옵션을 보는 순간 무혁도 기대가 되었다.

"좋네, 진짜."

"그치, 그치? 깜짝 놀랐어. 완전 좋다……!"

"흐음, 나도 볼까."

"웅! 궁금해!"

무혁도 상자를 확인했다. 예린과 같은 망토였으나 색깔만 달랐다.

검은색이라.

[암흑 천사의 망토]

모든 방어력 +30

모든 능력치 +15

힘 +15, 민첩+15, 체력 +15

HP +1,000

MP +1,000

[특수 옵션]

소환수의 모든 능력치 +2%

무혁의 옵션 역시 예린의 것과 흡사했다.

"나도 소환수 능력치 상승이네. 2프로긴 하지만."

"진짜? 와……."

비록 수치는 낮지만 효율이 달랐다. 무혁의 스켈레톤은 무려 200마리가 넘었으니 그 효율 역시 어마어마하리라. 아니, 데스 스켈레톤까지 포함한다면 그 수가 300, 400마리로 급증한다. 그러나 워낙 대단한 옵션을 많이 본 무혁이었던지라 지금의 옵션으로는 만족이 되지 않았다.

적어도 10퍼센트는 찍어줘야지. 눈을 빛내며 인벤토리에서 1회용 제작 도구와 망치를 꺼냈다.

"강화부터 하자."

"아……!"

먼저 예린의 망토부터 내려놓았다.

1강, 2강, 3강…… 그렇게 7강까지 다이렉트로 성공시킨 후 그녀에게 건넸다.

"일단은 쓰고 있어."

"고마워, 오빠!"

예린은 옵션을 뒤늦게 확인하고선 입을 떡하니 벌렸다.

"오빠는 정말……."

그러곤 어느새 강화 작업에 집중한 무혁을 사랑스러운 눈길로 지켜봤다. 그사이 무혁은 본인이 사용할 망토를 6강까지 강화했다.

캉, 카앙!

운 좋게 이번에도 다이렉트로 7강까지 올라섰다.

[암흑 천사의 망토+7]
모든 방어력 +30(+18)
모든 능력치 +15(+45)
힘 +15(+45), 민첩 +15(+45), 체력 +15(+45)
HP +1,000(+4,500)

MP +1,000(+4,500)

[특수 옵션]

소환수의 모든 능력치 +2(+6%)

8퍼센트라. 좀 아쉽긴 했지만 이 정도라면 충분히 만족스러운 수준이었다.

휴식을 끝내고 퀴넘 제국을 나섰다. 아뮤르 공작을 선두로 어마어마한 숫자의 유저들이 뒤를 따른다. 가장 후미에는 NPC로 이뤄진 정예병사들이 위치한 상태였다.

퀴넘 제국의 항복을 받은 터라 그곳을 거점으로 사용하여 각종 보급품을 나를 수 있었기에 앞으로는 조금 더 NPC들이 편해질 터였다.

"정지!"

그때 아뮤르 공작이 외치며 자리에 멈췄다.

"각 조의 지휘관은 앞으로 오도록."

무혁을 포함한 몇 명의 유저가 나섰다.

"보이는가."

끝없이 퍼진 들판 지평선이 눈에 들어왔다.

그리고 그 앞 점으로 얼룩진 무언가가 시야를 가린다.

"저건…… 설마 용병들입니까?"

"맞네."

지평선 곳곳에 위치한 검은 얼룩들.

저게 모두 유저라면……?

숫자가 얼마일지 상상도 되지 않았다.

"이방인 용병만 15만이라고 하더군."

"으음……!"

"15만 명이면, 허."

다른 유저들도 탄성을 내뱉었다.

"너무 많군요."

"퀴넘 제국을 함락하고 바로 주변 정찰을 했었지. 그리고 이미 자리를 잡고 있는 저들을 발견할 수 있었다네. 해서 자네들에게 충분히 쉬라고 했던 것이네. 지금의 전투로 이번 전쟁을 판가름하게 될지도 모르니까."

NPC를 대신하여 유저가 그 자리를 차지한 것이리라.

"정확한 전력은 알 수 없네. 대략적으로 용병이 15만. 정예 병사가 3만 명으로 추정되네. 용병들은 모두 죽이고, 정예 병사는 사로잡을 것이네. 그래야 인질로서 협상을 유리하게 이끌 수 있으니."

무혁이 물었다.

"지금 전력으로 가능하겠습니까."

"우리도 병력이 더 올 것이야."

"아, 용병 전원이 여기로 모이는 거군요."

아뮤르 공작이 고개를 끄덕였다.

그 정도라면, 충분히 승부를 볼 수는 있을 것 같았다.

"자, 일단은 아군이 모두 모일 때까지 경계태세만 유지하도록 하지. 물론 어떤 상황인지 각 조에 전달하고."

"알겠습니다."

모두 각자의 조로 돌아갔다.

"크흠, 알려드릴 게 있습니다."

조원이 무혁에게 집중했다.

"지평선 앞에 검은 점이 보이시죠? 그게 전부 카이온 대륙 유저들입니다. 숫자가 15만 명이 넘는다고 하더군요."

옆에 있던 성민우가 미간을 찌푸렸다.

"에에? 15만?"

"그래."

"너무 많은데? NPC는?"

"3만 명 정도."

"미친. 이거 이길 수 있나?"

"좀 조용 해라."

무혁은 성민우를 무시하고 다시 이야기를 이어갔다.

"일단은 나머지 조가 올 때까지 경계태세만 유지하면서 휴식을 취하면 될 것 같습니다. 그들이 전부 모이면 우리도 숫자가 상당하니까요. 아마도 이번 전투가 아주 중요할 것으로 보입니다. 음, 해서 말인데……"

무혁이 잠시 말을 멈췄다.

"그동안 할 것도 없으니 혹시 의뢰를 맡기고 싶으신 분은 저한테 오세요."

"오오……!"

사실상 더 이상 강화할 게 없는 무혁이었다.

무혁 본인의 아이템, 예린과 성민우, 김지연의 아이템, 스켈레톤의 아이템까지. 일단 당장 만족스러운 수준까지는 강화가 끝난 상태였으니까.

"재료비에 약간의 수고비만 받고 특수 강화로 최소 5강까지는 만들어 드리죠."

이젠 같은 조에 있는 유저의 능력치를 조금이라도 더 높여 공헌도를 쌓기로 했다. 1점이 모이고 모여 공헌도 순위를 좌우할 게 분명했으니까.

유저들이 줄을 섰다.

"먼저 온 순서로 해드리겠습니다. 시간이 많지 않으니 한 사람당 1개씩만 하도록 하고요."

최대한 빨리 그들에게서 아이템을 받고 강화 작업을 시작했다. 사실 5강까지는 거의 실패하지 않기에 금방 아이템 하나의 강화 작업이 마무리되었다.

"감사합니다!"

"뭘요. 자, 다음 분 오세요."

"네! 저는 로브 강화 부탁드릴게요."

"1,500골드입니다."

"여기요!"

사실 1,500골드면 큰 금액이다. 하지만 이곳에 모인 이들 전부가 실력자들이었기에 그 정도 금액은 충분히 지급할 능력이 있었다. 무엇보다 무혁의 강화가 어떤 것인지 잘 알기에 망설이는 이는 한 명도 없었다.

"다 됐네요."

"우와……!"

"자, 다음 분."

무혁은 엄청난 속도로 유저들의 무기나 방어구를 강화시켜 줬다.

"어, 저는 이미 강화가 되어 있는데……."

"상관없습니다."

"아, 네! 여기 있습니다! 그래도 가능하면 6강으로 해주시면……."

"음, 일단 해볼게요."

무혁은 일단 강화도부터 0으로 낮췄다.

[강화에 실패하셨습니다.]

점이 아닌 다른 곳을 두드리면 되기에 어렵지 않은 일이었다.

"0강 만들었고요. 시작할게요."

"네!"

곧바로 5강까지 다이렉트로 강화를 성공시켰다.

한 번 더. 다행히 6강도 성공했다.

"6강이네요."

"우오오! 감사합니다!"

물론 대가는 충분히 받았다.

"저, 저도 6강 가능하면 부탁드릴게요!"

"네, 실패하면 5강까지만 해드립니다."

이번에는 5강에서 실패. 4강으로 떨어졌다. 다시 강화를 해서 5강으로 만든 후 유저에게 넘겼다. 6강 도전을 다시 해볼 수도 있겠지만 그러다 또 실패하고, 다시 반복하는 형식이 되어버리면 시간이 급격하게 소모되기에 어쩔 수 없는 일이었다.

"6강은 실패했네요. 5강입니다."

"아, 아쉽네요. 그래도 고맙습니다!"

"네, 다음 오세요."

그렇게 30개 정도의 아이템을 강화했을 즈음.

"다들 전투준비!"

갑작스레 들려온 아뮤르 공작의 외침에 무혁은 작업을 중단하고 급히 앞으로 나아갔다. 지평선 앞, 검은 무리가 스멀거리며 다가오고 있었다.

"어떻게 된 건가요, 공작님?"

"음, 아무래도 우리가 전부 모이지 않은 걸 알아챈 것 같군."

"그러면……."

"그래, 저기서 먼저 우리를 공격할 모양이야."

"대응하실 건가요?"

"아니, 견제만 하면서 물러나야지."

아뮤르 공작의 판단에 무혁도 긍정했다.

버티기만 하면 돼. 아군 유저가 모두 모일 때까지만.

정 힘들면…… 퀴넘 제국으로 돌아가도 되는 것이고.

"공작님!"

말을 탄 병사가 뒤에서 달려왔다.

"무슨 일인가."

"주변을 경계하던 병사들이 보고를 해왔습니다! 현재 좌, 우측에서 어마어마한 대군이 모여들고 있다고 합니다!"

"뭐라⋯⋯?"

아뮤르 공작의 표정이 굳어졌다.

"무슨 소린가! 적군들은 모두 앞에 있거늘!"

"아무래도 위장술이었던 모양입니다."

"위장술⋯⋯?"

아뮤르 공작은 믿을 수 없다는 듯, 명령을 내렸다.

"전방의 상황을 똑바로 알아내어라!"

"예!"

얼마 지나지 않아 보고가 올라왔다.

"전방에 위치한 것들은 사람이 아니라 갑옷을 입은 허수아비였습니다!"

"이런⋯⋯! 처음엔 왜 몰랐단 말인가!"

"움직임이 없어 혹시나 하고 디스펠 마법을 사용하니 일루전 마법이 깨어지면서 허수아비의 모습이 드러났습니다!"

"일루전⋯⋯!"

그제야 상황이 어떻게 흘러간 것인지 깨달을 수 있었다.

◉

브라운 제국과 하라센 제국. 두 곳에서 힘을 합쳐 동시에 포르마 대륙의 침공을 막아섰다.

"아주 당황하고 있다더군요."

"그럴 수밖에."

두 곳에서 보낸 귀족들. 그중에서도 이곳의 총책임자를 맡은 모르타바 공작이 비릿하게 웃었다.

"겨우 저런 것들에게 항복했단 말이지."

"쿼넘 제국이야, 뭐. 항상 그렇지 않습니까."

"쯧, 멍청하긴."

고개를 옆으로 돌린 모르타바 공작.

"그래서, 이후 행동은?"

보고를 위해 달려온 병사가 입을 열었다.

"이곳에 있는 병력이 위장임을 알아낸 것 같았습니다. 급히 후퇴하는 형국이지만 이미 양쪽에서 중앙으로 거리를 좁히는 상황이라 저들은 포위망에 갇히게 될 겁니다."

"이곳에 5만의 용병과 정예 병사가 있다는 건?"

"그건 모르는 눈치였습니다."

"좋군."

좌, 우측에 있는 용병 10만 명. 위장술을 사용한 이곳에도 역시 5만의 용병이 있었다. 저들은 아마도 좌우에 병력 전부가 모여 있다고 여길 것이다. 그 틈을 노린다면 예상치 못한 피해를 입힐 수 있으리라.

"용병 여러분은 집중해 주길 바랍니다."

모르타바 공작이 용병들에게 지시를 내렸다.

"좌, 우측 아군이 완벽한 포위망을 형성할 때, 우리는 혼란에 빠진 적들을……."

그에게서 뿜어지는 카리스마. 그리고 진중함이 유저를 납득시킨다.

"그럼 출발하도록 하겠습니다."

선두에 모르타바 공작이 위치했고 그 뒤를 카이온 유저들이 따랐다.

제4장
스켈레톤 대군

같은 시각. 아뮤르 공작은 좌, 우측 적군에게 신경을 쓰며 급히 후퇴했다. 하지만 다가오는 적군들의 속도가 매우 빨라서 이대로라면 포위될 가능성이 높아 보였다.

그에 급히 무혁을 불러 이방인에 대한 총지휘권을 넘겼다.

"최대한 접근 속도를 늦춰주게!"

"알겠습니다."

무혁은 소환 계열, 원거리 계열 유저를 곳곳에 배치했다.

"소환수 최대한 앞으로 보내세요! 틈틈이 공격하면서 거리를 좁히지 못하게 견제만 하면 됩니다!"

그와 동시에 스컬 스네이크를 퍼뜨렸다.

이게 전부일까? 차라리 그러면 다행이었다.

그게 아니라면? 무혁은 스컬 스네이크를 전, 후방으로 보내어 시야에 집중했다.

동시에 스켈레톤으로 좌, 우측을 견제했고.

"최대한 속도를 늦추는 일에만 집중하세요!"

"예!"

"공격해 주시고요!"

공격을 받은 적대 유저들이 멈칫거렸다.

"소환수 뒤로 빼세요!"

무혁의 말을 들은 유저들은 소환수를 조금이라도 더 오래 살릴 수 있었다. 이어진 적들의 공격을 피한 덕분이었다. 그러나 말을 듣지 않은 일부 유저들의 소환수는 그대로 녹아버렸다.

"아, 젠장……!"

그들은 무시한 채 지휘에 집중하는 무혁.

"다시 소환수 공격!"

하지만 좁혀오는 속도가 장난이 아니었다.

너무 빨라!

이대로라면 갇힐 수밖에 없는 상황이다.

"허……?"

거기에 전방으로 보낸 스컬 스네이크의 시야로 이상한 움직임이 포착되었다.

이런!

전방에도 유저들이 있었다. 움직임도 심상치 않았다.

왜 앞으로 오지 않고, 갈라지는 거지?

생각을 멈추고 급히 아뮤르 공작에게 다가갔다.

"공작님!"

"뭔가?"

"전방에도 용병들이 있습니다!"

"뭐라고……?"

"움직임도 이상하고요. 아무래도……."

"추측이라도 좋으니 말하게."

"뒤쪽으로 돌아 퇴로를 완벽하게 차단할 모양인 것 같습니다."

아뮤르 공작이 침음했다.

"숫자는?"

"음……."

스컬 스네이크로는 대략적으로 파악할 수밖에 없었다.

"적어도 3만 명은 넘을 것 같습니다."

"그런……!"

아뮤르 공작이 급히 전방으로 병사를 보내려 했지만 너무 늦어버렸다.

쾅, 콰과과광!

이미 좌, 우측 적군들의 포위망이 형성된 까닭이었다.

"갇혔군."

남은 길은 뒤쪽에 남은 아주 좁은 공간이 전부였다. 본래라면 저곳을 뚫고자 안간힘을 썼겠지만 지금 무혁의 말이 사실이라면 이 또한 함정일 가능성이 높았다. 그렇다고 불확실한 정보를 토대로 전방을 뚫을 수도 없는 일.

"큰일이로군."

상황이 좋지 않았다. 그러나 이대로 당하기만 할 수는 없었다. 일단은 대응해야 했다.

"모두 적들을 쓸어버려라!"

아뮤르 공작의 몸에서 은은한 기운이 뿜어진다.

[아뮤르 공작이 '사기 상승'을 사용하셨습니다.]

[아군의 사기가 크게 증가합니다.]

[모든 능력치가 5퍼센트 상승합니다.]

그에 혼란에 빠진 유저들은 이상하게 마음이 가라앉는 것을 느꼈다.

딱 하나. 적을 공격해야 한다는 생각만이 가득해졌다.

"그래, 싸워보자고!"

"이기면 되잖아!"

사방에서 버프 마법이 발현되고.

[공격 속도가(2%)가 상승합니다.]

[이동속도가(2%)가 상승합니다.]

[힘(10)이 상승합니다.]

[체력(10)이 상승합니다.]

[반응속도가…….]

그 힘을 받은 유저들이 사방으로 튀어나갔다.

쾅, 콰과과광!

또다시 다가온 공격을 탱커들이 받아내고.

"파워 힐!"

"그레이트 힐!"

줄어든 HP를 사제들이 채워준다. 뒤에선 원거리 유저들이 스킬을 난사했다. 다가오던 카이온 유저들도 더 이상 거리를 좁히는 건 위험하다고 여겼는지 자리를 잡기 시작했다.

아슬아슬한 사정권. 그러나 유리한 것은 명백히 카이온 유저들이었다.

"젠장……! 사방에서 공격이야!"

"미치겠네, 좀 움직이자고!"

"나도 근접 계열이라 앞으로 나가야 된다니까!"

"어우, 길 좀……!"

포르마 대륙 유저는 좁은 공간에 뭉친 상태였기에 움직임도 불편했고 공격할 방향도 너저분했다.

그에 반해 카이온 대륙 유저들이 쏟아내는 공격은 항상 중앙으로 집결되니, 압박감 자체가 차원이 달랐다.

"오빠, 어쩌지? 위험해 보이는데……."

예린의 말에도 선뜻 대답할 수 없었다.

"이거 사망각인데, 아니냐?"

성민우도 불안함을 호소했다.

"흐음, 뭐가 그렇게 걱정이야?"

"야, 죽을 수도 있는데 당연하지."

"그래 봐야 게임이잖아."

무혁은 오히려 담담한 마음을 표현했다.

사실 죽지 않는 게 최고다. 하지만 때로는 피할 수 없는 상황도 있는 법.

"어차피 퀴넘 제국으로 스타팅 포인트 지정했잖아."

"하긴 했지."

"죽어봐야 24시간이야. 퀴넘 제국이니까 뭐, 어떻게든 될 거고. 안 그래?"

"그, 그런가?"

"그러니까 죽기 전에 제대로 한 번 놀아주자고. 아이템도 빵빵하잖아."

아이템이라는 말에 눈이 번뜩였다.

"하긴…… 전부 고강화 아이템인데."

"실력 발휘 못 하면 바보인 거네, 오빠?"

"그렇지."

그제야 무혁을 따라 웃었다.

딱히 지휘할 것도 없고.

지금 상황에선 대책이 없었으니까.

그러니까…… 나도 움직여야지.

"일단 준비 좀 하고."

"준비? 무슨 준비?"

"아, 틈틈이 데스 스켈레톤 소환으로 몇 가지 실험을 했거든."

"실험?"

"어. 몇 마리를 소환해야 적당한지, 어느 정도일 때 소환수 흡수 스킬을 써야 스펙이 최고인지, 뭐 이런 거?"

"오호……."

"내가 알아낸 최고 스펙으로 준비하려면 MP가 많이 들어."

"그래서 준비해야 된다는 거였구만."

그러는 와중에도 전투는 치열하게 진행되고 있었다.

콰과과광!

스켈레톤이 죽어 나갔지만 굳이 살리려고 애쓰지 않았다.

오직 공격, 또 공격.

적들에게 피해를 입히는 것에만 집중하면서 MP회복에 신경을 썼다.

[공헌도(29)가 상승합니다.]

[공헌도(1)가 상승합니다.]

[공헌도…….]

['아머나이트8'이 역소환…….]

공격으로 공헌도가 올라가고 피해를 입은 스켈레톤이 역소환되면서 MP가 보다 빠르게 차오른다.

아직 부족해.

무혁은 쿨타임이 돌아오자마자 공격을 명령했다.

아머메이지, 1차 마법. 기마궁수, 파워샷. 아머메이지, 2차 마법. 기마궁수, 멀티샷.

공격을 반복하면서 MP를 가득 채웠을 무렵.

이 정도면 됐어.

무혁이 웃으며 스킬을 사용했다.

데스 스켈레톤, 소환.

[데스 스켈레톤을 소환하기 위해선 제물이 필요합니다.]

HP가 부족한 일반 스켈레톤 전부. 거기에 쿨타임이 돌아오지 않은 기마궁수와 아머메이지 20마리를 제외하고 나머지 전부 재물로 삼았다.

[데스 스켈레톤(600마리)을 소환하셨습니다.]

숫자는 무려 600마리. 1마리에 50의 MP가 소모되었으니 총 3만. 남은 5천 가량의 MP를 바라보며 기마궁수와 아머메이지 전부, 그리고 능력치가 조금 떨어지는 뒤쪽 숫자의 아머나이트와 아머기마병 일부를 다시 한번 제물로 삼았다.

[데스 스켈레톤의 모든 능력치가 소폭 상승합니다.]

살아남는 녀석들은 정예 중에서도 정예였다.

부르탄, 포이즌 오우거, 설인. 능력치가 유난히 좋은 앞쪽 숫자의 아머기마병과 아머나이트. 마지막으로 무수한 제물로 소환되고 또 강화된 데스 스켈레톤까지.

최대한 생존시킨 채 대기한다.

MP가 차오를 때까지. 그렇게 버티고 버티던 무혁이 드디어 입을 열었다.

"소환수, 흡수."

[소환수의 능력 일부를 흡수합니다.]
[흡수할 소환수를 선택해 주십시오.]

스켈레톤 전부를 택했다.

[10분간 모든 능력치가 대폭 증가합니다.]

상태창에 존재하는 모든 능력치가 폭발적으로 증가했다.

"후우……."

이것이 바로 몇 번의 시행착오와 계산 끝에 알아낸 최적의 스펙이었다.

시간은 단 10분 동안은 일인군단이라고 칭해도 좋으리라.

"준비 완료. 난 좀 놀다가 올게."

"오빠, 조심해!"

"걱정 마."

예린은 걱정스러운 표정을 짓고, 성민우는 몸을 푼다.

"나도 같이 갈까?"

"위험할 텐데? 카이온 유저들 적당히 줄어들면 와라."

"쩝, 그래야겠네."

그들을 남겨두고 지면을 찼다.

-아, 분위기 쎄하다…….

-포위망에 완벽하게 갇혔어요. 저거 뚫기 어려울 듯

-이대로 사망?

-아, 무혁 님 죽나요?

-무혁 님이 죽는 건 거의 본 적이 없는데…….

-역사적인 날이 될 듯.

그때 성민우의 자괴적인 목소리.

-역시……!

-강철주먹 님도 죽음을 예견하네요.

-그래도 무혁 님이 게임 제대로 즐기시네요. 죽으면 어떠냐고…….

-저런 마인드, 좋습니다!

뒤이어진 무혁의 말에 기대감이 피어오른다.

-호오. 최고의 스펙이라……?

-소환수 흡수 스킬이 정말 사기 수준이긴 하죠.

-사기 정도가 아님, 핵 수준임ㅋㅋㅋ

-인정…….

-이번엔 더 대단하겠죠?

-최고 스펙이라고 했으니, 당연!

-VR타임 옵니다!

-다들 VR기계 미리 준비하세요! 느낌이 이번에 진짜 장난 아닐 것 같네요. 지금까지의 모습이 전설이었다면 오늘 모습은 레전드랄까……!

-둘 다 같은 뜻 아님?

-아니죠! 전설은 국내고, 레전드는 세계임!

-오……!

-수긍되는 이 느낌…….

-ㅋㅋㅋㅋㅋㅋㅋㅋ

이후 상당한 시간을 소모하여 데스 스켈레톤을 불러내고 강화했다.

-소환수 흡수.

-가즈아아아아아!

-우오오오!

무혁이 지면을 찼고 한 줄기 빛이 되어 공간을 질주했다.

-으어어억……!

-왜 그럼?

-지려서요ㅋㅋㅋㅋㅋㅋ

-ㅋㅋ장난 아님.

-VR이 최고시다……!

-아니, 무혁 님이 최고시죠!

-인정!

무혁은 이 순간 전장에서 홀로 빛나는 태양과 같은 존재였다.

데스 스켈레톤. 녀석들을 먼저 사방으로 뿌린다.

"못 오게 막아!"

쏟아지는 마법들을 바라보는 무혁.

느려……!

데스 스켈레톤을 지휘하여 최소한의 피해만으로 거리를 좁혀 나갔다. 보다 더 많은 재물로 소환된 이상, 스탯이 높을 수밖에 없었고 자연스럽게 마법을 피하는 움직임 역시 기민했다.

콰과과광!

대량으로 마법이 쏟아진 직후 무혁이 지면을 찼다.

팡, 파바바방!

빠르게 달려가면서 화살을 연이어 날려댔다.

적들도 가만히 있지 않았다. 여기저기서 공격이 날아들었다. 하지만 스킬은 적었다. 이미 데스 스켈레톤에게 낭비를 한 상태였으니까.

[92의 대미지를 입습니다.]

······.

방패를 쓰지 않아도 충격 흡수율은 90퍼센트에 도달했다. 덕분에 스킬이 아닌 일반 공격은 맞아봐야 솔직히 간지러운 수준 정도일 뿐이었다.

그저 평범한 화살. 혹은 파괴력이 낮은 마법이 대부분인 상태.

워낙 적대 유저가 많아서 계속 맞아준다면 3천, 4천, 5천도 순식간에 깎이긴 하지만 그렇게까지 맞아줄 무혁이 아니었다.

백호보법으로 최대한 피하는 것에 집중했다. 정말 어쩔 수 없는 공격이나 스킬만 맞아줬다. 맞는 순간에도 몸을 비틀어서 그 힘조차 추진력으로 사용했다.

후으으읍!

충분히 거리를 좁히고.

백호검법, 제2초식 백호파.

무혁의 몸이 빛으로 변해 적대 유저에게 뻗어간다.

콰아앙!

첫 번째 유저를 가격하고 뒤로 돌아보다 깊이 위치한 유저를 공격한다. 그렇게 안으로, 또 안으로 이동했다. 스킬이 끝났을 땐 파워 대시로 눈앞에 있는 유저를 밀어버렸고.

풍폭, 파괴자의 돌진.

드러난 공간으로 다시 한번 몸을 욱여넣었다.

됐다……!

이곳은 체력이 약한 원거리 계열 유저들의 공간이었다.

사제와 마법사, 궁수. 어디를 봐도 먹잇감밖에 존재하지 않았다.

손에 들린 단검을 내뻗었다.

풍폭.

앞에 있던 유저가 급히 방패로 막았지만 소용이 없었다.

[1,700의 대미지를 입힙니다.]
[3,060의 추가 대미지를 입힙니다.]

일반 공격일 뿐이었음에도 4,760의 HP를 잃어버렸으니까.

"미, 미친……!"

유저가 당황하는 사이 세 번의 공격을 더 성공시켰다. 풍폭을 끊임없이 사용하면서 그저 휘두를 뿐이었기에 걸리는 시간역시 찰나였다.

[경험치를 획득합니다.]
[공헌도(21)를 획득합니다.]
[스탯, 힘(0.0218)이 상승합니다.]

곧바로 몸을 틀며 단검을 그었다.

"크읍……!"

"뒤로, 뒤로 물러나라고!"

"길 터!"

"치유 마법 사용하고!"

카이온 적대 유저 사이, 애매한 위치.

"가려서 안 보인다고!"

"스킬이나 써!"

무혁을 노리고 날아든 일부 스킬이 오히려 카이온 유저를 가격했다. HP가 줄어든 그들에게 접근한 무혁이 순식간에 처리해 버린다.

"시바, 장난하냐! 공격 멈춰!"

"아군이 죽잖아, 병신들아!"

"그럼 어쩌라고!"

"그냥 앞에 있는 것들부터 처리해!"

그래서 오히려 안전한 공간이었다.

"미친……! 살려달라고!"

도움까지 사라진 상황.

"으, 으어어어!"

무혁을 코앞에서 상대하는 이들은 죽음을 피할 수 없었다.

[적대 유저(궁수)를 죽였습니다.]

[적대 유저(사제)를 죽였습니다.]

[적대 유저(마법사)를…….]

전장에서 특히 빛을 발하는 직업군의 숫자가 빠르게 줄어들었다. 무혁은 현재 아주 작은 지점으로 파고들어 영향력을 넓히는 상황이라 그 심각성을 느끼기가 당장은 어려웠다.

오히려 눈앞에 있는 이들 포위당했음에도 발악하는 포르마 대륙 유저들이 더 눈에 들어온다.

"괜한 곳에 신경 쓰지 말고!"

그렇기에 무혁을 무시한 채 정면을 바라봤다.

"더 밀어붙여!"

"끝장을 내버리라고!"

그러나 쉽지가 않았다.

콰과광!

또다시 발악하는 포르마 대륙.

"크윽……!"

"HP가 부족합니다!"

"열 교체해! 앞 열 뒤로 물러나고! 뒷열 앞으로 나와!"

"치유 마법 좀 제대로 쓰세요!"

열을 바꾸는 순간 최전방에 위치한 탱커 계열 유저들의 표정이 굳는다.

"뭐야, 이 해골 새끼는!"

"갑자기 둔화 걸렸는데?"

데스 스켈레톤이 빠르게 접근한 것은 물론이고 갑자기 디버 프가 걸린 까닭이었다.

"사제님들, 클린 부탁드립니다!"

"클린!"

하지만 패시브로 적용되는 죽음의 기운 스킬은 클린 마법 으로 해결될 종류의 것이 아니었다. 당장은 디버프가 사라지 겠지만.

"아, 짜증 나게! 둔화 지웠더니 이번엔 혼란에 걸렸는데요?"

"클린 한 번 더 부탁합니다!"

다시금 랜덤으로 디버프가 걸리게 될 뿐이었다.

"클린!"

"여기도요!"

몇 번 반복하고서야 깨달았다.

"시바, 이거 못 풀잖아?"

그 순간 접근한 데스 스켈레톤이 연속 찌르기를 사용했다. 무혁에게 능력치의 일부를 빼앗긴 터라 대미지가 뛰어난 수준 까진 아니었지만 그렇다고 크게 부족한 것도 아니었다.

아무래도 제물을 많이 바친 덕분이리라.

무엇보다 현재 데스 스켈레톤은 HP가 유난히 높은 상태였 다. 무혁도 그걸 노린 것이었고.

"죽어, 해골 새끼야!"

흉흉한 안광을 빛내는 데스 스켈레톤.

퍼억!

전방에 위치한 유저에게 공격을 당하는 순간 데스 스켈레톤의 전신이 붉어진다.

콰아아앙!

피할 겨를도 없이 폭발이 공간을 쓸어버렸다.

사방, 곳곳에서 말이다.

쾅, 콰과과과광!

순식간에 수십의 데스 스켈레톤이 사라졌으나 그만큼의 피해 역시 발생했다.

"미친, 자폭하잖아!"

"미리 정보 못 들었냐? 무혁이 소환하는 스켈레톤은 자폭도 한다고!"

"그딴 소리 못 들었다고!"

잠깐이지만 혼란이 왔다.

"지금이다, 더 밀어붙여라!"

아뮤르 공작의 외침이 포르마 대륙 유저의 고막을 두드렸다.

"우와아아아!"

"가자고!"

"그래! 뭐 있냐! 이기면 되는 거야!"

그들의 사기는 최고조였다. 데스 스켈레톤의 자폭도 대단했지만 홀로 적진에 침투해 활약하는 무혁 덕분이었다. 따지고 보면 데스 스켈레톤 역시 무혁의 것이니 결국 그 혼자 다 했다고 봐도 과언이 아니었다. 이길 수 있다는 희망이 샘솟았고. 그것이 의욕으로 변화했다.

"더, 조금만 더!"

그렇게 한 걸음씩을 내디딘다. 그렇게 카이온 대륙 유저와의 거리를 좁혀 나갔다.

무혁의 표정은 처음과 같았다. 어떤 변화도 없었다.

하지만 드러난 것만큼 정상적인 상태는 아니었다.

HP는 이제 6만가량. 소환수 흡수를 통해 9만이 넘는 HP를 한순간 지니게 되었지만 작은 타격이 쌓이면서 무혁의 HP를 갉아먹고 있었다. 물론 HP 회복률도 덩달아 급증하면서 공격을 피하는 것에만 집중하면 잠깐 사이에 몇백이 차오르기는 했다.

"공격, 공격하라고!"

이제는 그것마저도 버거워졌다.

"접근하지 마!"

"거리를 둬!"

무혁의 활동 범위가 점차 넓어진 탓이었다.

"이제야 보이네. 알아서 피하라고!"

좁은 곳에서 주변 유저를 모두 학살하고 다시 한번 다가오는 유저들을 죽여 나갔다.

그렇게 몇 번을 반복했을까.

더 이상 무혁에게 접근하는 이들이 없었다. 그 탓에 활동범위가 넓어졌고 거리가 생긴 카이온 유저들이 충분히 무혁을 노릴 수 있을 정도가 된 것이다.

그래서, 뭐. 멀어졌다면 좁히면 그만인 것을.

파밧.

무혁은 달려가며 단검을 쑤셔 넣었다.

후우웅.

날아드는 스킬을 피하고.

푸욱.

다시 단검을 꽂는다.

"뒤로 물러나!"

고함과 함께 하늘을 빼곡하게 메운 불꽃의 덩어리들.

파워 대시.

목표물은 꽤 먼 곳에 위치한 로브를 걸친 남성 유저. 스킬의 힘을 빌려 압도적인 속도로 그를 어깨로 들이받았고 직후 불꽃의 덩어리가 무혁이 서 있었던 공간에 뒤늦게 내리꽂혔다. 불어오는 후폭풍을 무시한 채 비틀거리는 남성의 가슴을 노렸다.

카각!

갑옷을 입은 모양, 그러나 신경 쓰지 않는다.

캉, 카가각!

갑옷 위를 몇 번이나 가격했을까.

"미친……."

결국 남성은 흐릿해지며 사라졌다. 그 사이 무혁도 공격을 받았다. 급히 몸을 틀면서 뒤로 물러났다. 동시에 등에 매달린

활을 꺼냈고 시위에 화살을 건다.

풍폭, 강력한 활쏘기.

화살 한 대를 날리고 달려들면서 단검으로 무기를 교체했다. 상체를 일으키며 단검을 그어 올린다.

지진.

아이템 스킬의 힘을 빌려 잠시 적들을 교란하고.

죽은 자의 축복, 데스 소울.

그 틈을 노려 공격을 이어갔다.

데스 스페이스.

마지막으로 일정 공간을 어둠으로 물들인 후, 그곳으로 몸을 던져 넣었다.

"클린! 클린 사용 부탁합니다!"

"안 통해요!"

"일단 거기서 물러나세요!"

"빨리 좀 움직입시다!"

"아, 젠장……!"

어둠에서 벗어나려는 자들부터 처리했다.

풍폭, 풍폭, 풍폭……!

거리가 먼 유저에게는 다시 화살을 날린다.

파천궁술 제2초식, 무음사.

동시에 달려가면서 쉴 새 없이 화살을 쏘고 충분히 HP를 빼놓은 후, 다가가서 단검으로 목숨을 끊었다.

[스탯, 체력(0.0218)이 상승합니다.]

데스 스페이스에서 벗어나려고 발버둥 치는 카이온의 적대 유저들. 그러나 움직임이 더뎌진 그들을 요리하는 건 생각보다 더 쉽고 간편했다.

[스탯, 지식(0.0218)이 상승합니다.]
[공헌도(22)가 상승합니다.]
[스탯, 체력(0.0218)이…….]

데스 스페이스 안에서 몇 명이나 죽였을까.
30명, 50명?
시간은 생각보다 꽤 소모되었고.
"됐어!"
그 탓에 나머지 적대 유저 대부분이 데스 스페이스에서 빠져나갔다.
"공격해, 공격!"
그들이 무혁을 노렸다.
콰과광!
이번에는 무혁도 피하지 못했다.

[236의 대미지를 입습니다.]

생각보다 스킬이 많았기에 대미지도 상당했지만 그 모든 공격을 맞아주면서도 앞으로 나아가는 걸 멈추지 않았다.

여기서 멈춰봐야 계속 공격만 당할 뿐이었기에. 한 대라도 더. 한 놈이라도 더 죽이는 것이 목표였다.

"죽어! 죽으라고!"

"이 미친, 괴물 새끼……!"

모두 무혁을 보며 경악했다.

아무리 공격해도 몇 번이고 가격해도 쓰러지지 않았다.

"버그 쓰냐, 이 개 같은 놈아!"

"적당히 좀 하라고오오오!"

그 탓에 무혁을 상대하던 이들은 그에게 짓눌려 버리고 말았다.

파바밧.

어느새 접근한 그가 다시금 단검을 휘두른다.

"젠자아앙!"

동료들이 차례대로 죽어 나갔다. 지독한 악몽이었다.

카이온 대륙에 속한 소환 계열의 유저들. 그들 또한 소환수를 여러 가지 방면으로 활용하고 있었다. 전방으로 나아가 유저들을 대신하여 공격을 맞아주거나 혹은 원거리에서 공격을 가하기도 했다. 그룹을 이뤄 돌진도 시켜봤고 혼란을 주기 위해 사방에서 압박도 시켜봤다. 그러나 무엇을 해도 존재감 자체는 극히 미미한 수준이었다.

쾅, 콰아아아아아앙!

데스 스켈레톤의 활약이 상상을 초월한 까닭이었다.

"이, 빌어먹을 해골 새끼들아!"

아직도 살아남은 많은 데스 스켈레톤이 공격을 가해왔다.

연속 찌르기.

공격을 방패로 막아내는 탱커.

"돌아버리겠네……!"

공격을 가하면 자폭을 해버린다. 이 거리에서 그 피해를 고스란히 떠안고 싶지는 않았다. 직후 이어지는 포르마 대륙의 공격에 죽어버릴 가능성이 높았기 때문이다. 그래서 공격 대신 버티기만 했다.

"하……!"

그렇다고 데스 스케렐톤을 완전히 무시할 수도 없는 일이었다.

캉, 카각.

작은 대미지라도 쌓이면 아픈 법이었으니까.

결국 선택해야만 했다.

"사제님, 치유 부탁합니다!"

"네!"

"마법사님, 실드도요!"

"걱정 마세요!"

"궁수님은, 넉백 스킬 써주시고요!"

"알겠습니다!"

"그럼 믿고 이 해골 새끼들, 공격합니다?"

"네, 하세요!"

"후웁……!"

탱커가 방패를 바닥에 내리꽂았다. 진동이 전방으로 퍼진다. 동시에 궁수가 날린 화살이 데스 스켈레톤을 뒤로 밀어내기 직전. 뒤에서 날아든 공격이 데스 스켈레톤을 먼저 건드렸다.

결국 주변 데스 스켈레톤 다수가 동시에 자폭을 해버렸다.

"크읍!"

탱커 유저의 미간이 일그러졌다.

"제엔장……."

제대로 막아낼 수도 없었다. 폭발은 그 범위가 상당히 넓어서 다수의 유저를 집어삼켰는데, 그 탓에 HP가 낮은 이들은 단번에 죽어버렸다. 충격 흡수를 뚫고 대미지가 들어가기에 가능한 일이었다.

탱커 유저 역시 상당한 피해를 입은 터라, 다급한 마음이 들었다.

일단 뒤로……!

물러서려는데 중앙에서 각종 스킬이 날아들었다.

"빌어먹을."

결국 그 공격에 휩쓸리고 말았다.

가까이서 보면 비극이었으나, 멀리서 보면 장관이었다.

무적 버프를 받은 채로 자유롭게 돌아다니며 이 전투를 화면에 담고 있는 카메라맨들은 진정 흥분에 겨워했다.

"엄청나, 이건 정말 미쳤다고……!"

"저, 저도 두근거립니다!"

"새끼, 한눈팔지 말고 화면에 제대로 담아."

"예, 선배!"

카메라맨이 사방으로 퍼졌다. 공격이 날아들지만 그들에게는 어떤 피해도 입힐 수 없었다.

"크, 좋구나."

그렇기에 더욱 좋은 화면을 잡을 수 있는 것이었다.

특히 그는 무혁을 위주로 찍었다. 그와 계약을 했으니 당연한 일이라고 볼 수 있겠지만 평소의 성격을 본다고 이렇게 얌전하게 촬영에 임하는 건 기적과도 같은 일이었다.

안태호, 무혁을 화면에 담고 있는 그의 입가로 미소가 그려진다.

대단해, 정말……!

그는 성격상 마음에 들지 않는 장면은 절대 찍지 않았다. 그래서 지금까지 많은 유저를 촬영하면서도 사소한 다툼도 많았다. 하지만 무혁을 촬영하는 동안에도 한 번도 투덜거리지 않았다. 오히려 언제나 의욕적으로 그를 찍을 뿐이었다.

그림이 좋았으니까. 정말 최고라고 해도 부족함이 없을 정도였기에.

"위에서는 제대로 찍고 있지?"

"그럼요!"

"이상하게 나오면 죽는다."

"걱정 마시라니까요. 제가 언제 실망시킨 적 있습니까?"

"그래, 믿는다."

"네네. 그보다 선배는 무혁 유저만 찍으면 그렇게 신나는 표정이네요."

"넌 안 그러냐?"

"에이, 설마요."

"근데 뭘 물어, 확."

"그래도 다른 유저한텐 좀 까칠했잖아요."

"급이 다르잖냐, 급이."

그사이 전투가 더 급박해졌다.

"말 걸지 마라."

"예에."

안태호는 무혁의 얼굴을 클로즈업했다.

무수한 공격에 노출된 그.

콰과과광!

폭발과 함께 먼지가 치솟고 그곳을 뚫고 나오는 그에게 다시금 공격이 쏟아진다.

일그러지는 표정.

어쩌면 이제 한계일지도 모르겠다는 생각이 번뜩 스치는 순간.

"역시……!"

뒤이어 무혁에게서 다시 한번 폭발적인 기세가 뿜어졌다. 이런 좋은 재료를 가지고서도 제대로 된 음식을 만들지 못한다면 이 바닥에서 뜨는 게 정상이었다.

안태호는 혼신의 힘을 다해 가장 아름답고 멋들어지게 보이게끔, 무혁을 화면에 담았다.

그때의 무혁은 카메라맨의 시선 따위는 느낄 겨를이 없었다. 그 정도로 급박했으니까.

HP도 1만까지 떨어진 상태, 익스체인지.

남은 MP를 빠르게 확인한 후 적당히 소모해서 HP를 채웠다. 덕분에 3만이 조금 넘어섰다.

적재적소에 스킬을 사용했고 최소한의 피해를 받으며 적군들을 유린했다. 그럼에도 불구하고 MP가 차오르는 것보다는 HP가 줄어드는 속도가 확연하게 빨랐다.

다시 한번 익스체인지.

이번에 채워진 HP는 1만가량.

위험한데…….

다시 열 명이 넘는 적군을 죽였을 때, 사방에서 공격이 쏟아졌다. 헤집고 나아갔지만 틈이 보이지 않았다.

작정한 모양이야.

더 이상 익스체인지로 MP를 소모할 순 없었다.

남은 비장의 수를 사용했다.

잠력 격발.

무혁의 몸에서 기세가 폭발한다.

[HP(30퍼센트)가 회복됩니다.]

[MP(30퍼센트)가 회복됩니다.]

[신체 능력이 15퍼센트 상승합니다.]

24시간에 한 번 사용할 수 있는 스킬이었다.

유지 시간은 단 5분. 그 이후에는 모든 능력치가 20퍼센트나 하락하는 치명적인 결함이 존재했다. 소환수 흡수의 남은 시간이 3분이라 어차피 제대로 활동할 수 시간은 2분 30초 남짓이었다.

적어도 30초는 후퇴에 사용해야 했기에.

분명한 것은 지금 당장은 보다 강해졌다는 사실이었다.

스팟, 파바밧!

갑작스레 빨라진 무혁의 움직임에 적군들이 당황했다. 정말 제대로 준비한 공격이었음에도 불구하고 죽기는커녕 오히려 강해져 버렸으니.

"미치겠네, 진짜!"

"이걸로도 안 죽으면 어쩌자는 거냐고!"

접근한 무혁이 단검을 휘둘렀다.

서걱, 푹, 푸욱.

공격을 당한 이들은 제대로 대응도 못 한 채 사라졌다.

한층 더 기세가 꺾어진 그들을 학살했다.

20, 30, 40명…… 어느새 50명을 훌쩍 넘게 죽였을 즈음.

무혁은 몸을 튼 후 하늘로 솟구쳤다.

[소환수 흡수 남은 시간 : 47초]

이제는 물러나야 할 때였다.

타악.

바닥에 착지하자마자 전력으로 질주했다. 순식간에 거리를 좁히고 앞에 있는 적대 유저를 옆으로 밀쳐낸 후 다시 한번 점 프했다.

"뭐, 뭐야!"

"도망친다, 도망친다고!"

"시바, 잡아!"

뒤늦게 공격을 시도하는 그들. 윈드 스텝으로 속도를 내면 서 백호보법으로는 최대한 회피했다. 동시에 살아남은 데스 스켈레톤을 지휘하여 한 곳으로 뭉치게 만들었다. 그러는 와 중에도 움직임을 멈추지 않았다.

물론 전부를 피할 순 없었기에.

콰아앙!

꾸준히 HP가 줄어들었다.

더, 빨리……!

그 순간 데스 스켈레톤 다수가 한 곳에 뭉쳤다.

"앞에, 스켈레톤 조심하세요!"

"자폭하는 놈들입니다!"

"저 무혁이란 놈부터 막아요!"

"못 빠져나가게 합시다, 좀!"

앞에 있는 유저를 단검으로 찌른 후 옆으로 밀쳤다. 등에 내리 꽂히는 각종 공격을 무시한 채 다시, 눈앞에 있는 유저를 뚫었다.

뚫고, 또 뚫고.

그러나 데스 스켈레톤과의 거리는 아직 멀었다.

파워 대시!

별수 없이 허공으로 점프한 후 스킬을 사용해 거리를 좁혔다. 덕분에 데스 스켈레톤과의 거리가 급격하게 줄었다.

하지만 이제 뚫어야 하는 이들은 전사나 기사와 같은 근접형 유저들이었다.

정면대결은 금물. 괜히 시간이 지체될 뿐이었다.

지금은 밀거나, 혹은 던져 버리는 게 나았다.

스윽.

손을 뻗어 유저의 손목을 낚아챈 후 뒤로 던졌다.

"크헉!"

"뚫리지 마!"

이번에는 몸통으로 그대로 박아버렸다. 스탯이 압도적이라 크게 밀어버리는 게 정상이었지만 뒤쪽, 보다 더 뒤쪽에서 버티고 있는 유저로 인해 생각만큼 많이 밀어낼 순 없었다.

콰아앙!

그사이에도 공격을 당했다.

침착하자.

몸을 숙이며 앞에 위치한 유저의 발목을 양손으로 잡아 넘어뜨린 후 들어 올렸다. 급히 몸을 틀어 뒤쪽에서 날아드는 무수한 스킬로 그를 밀어 넣었다. 무혁을 대신하여 공격을 당한 적대 유저가 희미해지며 사라졌다.

"이, 미친!"

자연스럽게 앞쪽 근접 계열 유저들이 움찔거렸다. 자신들도 무혁에게 붙잡힐지도 모른다는 생각 때문이었다.

자폭!

그사이에 데스 스켈레톤을 터뜨렸다.

"자폭이다!"

혼란을 한층 더 강화시킨 후 드러난 틈을 파고들었다.

밀어내고, 피하고, 넘어뜨리고, 낚아채고 날려 버렸다.

그제야 겨우 아주 조금 드러난 공간을 확인할 수 있었다.

저기다!

유저 한 명을 낚아챈 후 틈을 뚫었다.

됐어……!

살아남은 데스 스켈레톤을 스치듯 지나쳤다.

콰과과과광!

뿜어진 공격들이 데스 스켈레톤을 집어삼켰다. 덕분에 무혁은 거의 피해를 입지 않았다. 그는 뒤도 돌아보지 않고서 아군이 있는 곳으로 달려갔다. 시야확보 스킬로 상황을 살폈고 스킬이 날아들면 데스 스켈레톤으로 최대한 막았다.

틈틈이 자폭도 시켰다.

콰과광!

폭발로 인해 먼지가 솟구쳐 무혁을 가렸다.

"윈드!"

그 순간 바람이 날아와 먼지를 날렸다.

훤히 드러나 버린 무혁.

자폭. 다시 폭발을 일으켜 시야를 가렸다.

"윈드!"

다른 마법사의 스킬로 무의미해졌지만 그 잠깐의 멈칫거림이면 충분했다.

작은 차이가 죽느냐, 사느냐를 가를 테니까.

자폭, 자폭. 그렇게 반복하면서 달려가는 무혁.

"놓치지 마! 죽이라고!"

"죽여어어어!"

"놓치면 다 뒤진다!"

먼지가 있어도 개의치 않고서 스킬을 사용하는 그들.

사방에서 덮쳐 오는 악의에 순간, 오싹해졌다.

잘못하면 진짜 죽겠는데.

위기감을 느낀 무혁은 끌고 왔던 유저를 하늘 위로 던져 버린 후 화살을 연이어 쐈다.

쾅, 쾅, 콰아아앙!

폭발의 충격으로 높이, 보다 더 높이 떠오른 적대 유저를 바라본다.

백호검법 제2초식, 백호파.

빛에 휩싸인 무혁의 몸이 하늘로 솟구치고.

퍼버버벅.

연달아 그를 가격한 후 발목을 잡고 포르마 대륙의 유저가 있는 중앙 지역으로 던졌다. 날아가는 그를 빤히 바라보며 이동기이자 동시에 공격기인 파괴자의 돌진을 사용했다.

콰앙!

덕분에 카이온 유저들로부터 훨씬 멀어질 수 있었다.

스킬을 피하는 건 당연한 일이었고.

그러나, 부족했다. 아직 안심할 때가 아니었다.

현재 공중에 떠오른 상황.

스킬이 집중되면 피하기 어려워진다. 그러니 먼저 움직여야만 했다. 급히 몸을 틀어 카이온 유저들을 바라봤다.

풍폭, 파천궁술 제3초식, 파천사.

시위를 놓는 순간 반동으로 몸이 밀려났다.

"놓치면 안 돼!"

계속된 그들의 공격이 하늘을 빼곡하게 채운다. 그게 아니더라도 포르마 대륙 유저를 노린 공격들이 사방에서 날아오는 중이었다.

도저히 피할 곳이 없는 상황.

무혁은 일부러 정면에서 날아드는 스킬 몇 개에 몸을 대어 줬다.

콰과과광!

그 여파로 더욱 포르마의 아군과 가까워졌다. 문제는 애초에 포르마 대륙의 유저가 집결된 중앙 지역을 노리고 날아드는 스킬들이었다.

HP가⋯⋯!

죽음의 위기감을 느낀 순간.

"그레이트 힐!"

포르마 대륙의 사제가 무혁에게 치유 마법을 사용했다.

"실드!"

거기에 마법사의 보호 마법까지.

콰과과광!

덕분에 계속해서 날아드는 스킬의 공격에도 버텨낼 수 있었다. 물론 충격으로 인해 제대로 착지를 하지는 못했다. 몇 바퀴나 바닥을 굴러야 했으니까. 전신이 먼지로 뒤덮인 상태였으나 몸을 일으키는 무혁의 한쪽 입꼬리는 춤을 추듯 올라갔다.

"후아."

기분이 좋을 수밖에 없었다.

죽음을 각오했던 공간에서 무사히 살아나왔으니.

[소환수 흡수가 해제됩니다.]

순간 전신을 채우고 있던 힘이 사라졌다.

추욱.

괜히 어깨가 늘어지는 기분이었지만 애써 호흡을 가다듬으며 표정을 관리했다.

"무혁 님, 고생하셨어요!"

"진짜 최곱니다, 최고!"

"와, 대박이에요, 완전."

무혁이 고개를 살짝 숙였다.

"도와줘서 고맙습니다."

"별말을 다 하시네요."

"당연히 도와야죠!"

인사를 얼마간 받으며 주변을 훑었다.

어디 있지?

성민우와 예린, 김지연을 찾기 위해서였다.

"오빠, 여기!"

"아, 그래."

예린의 목소리에 고개를 휙 하고 돌린 무혁이 손을 흔들며 그녀에게 다가갔다. 그녀와의 만남을 즐기기도 전에 또다시 탈력감이 올라온다.

[스킬 잠력 격발이 해제됩니다.]
[30분간 모든 능력이 20퍼센트 하락합니다.]

공기조차 어깨를 짓누르는 기분이었다.

"으음."

절로 신음을 터져 나왔다.

"괜찮아, 오빠?"

"아아, 좀 힘드네. 스킬 페널티가 있어서."

"좀 쉬자, 뒤에서."

"그래야겠다."

성민우와 김지연도 다가와 무혁의 어깨를 두드렸다.

"대단하다, 대단해. 내 친구지만 참……."

그렇게 중앙으로 들어갔다. 아뮤르 공작이 마중을 나왔다.

"고생했네."

"별말씀을요."

"허허, 정말…… 놀랍군. 대단해."

무혁은 그저 웃었다.

"덕분에 여유가 좀 생겨서 후방의 경계를 더 강화했네."

"잘하셨습니다."

"이거 말이 많았군. 충분히 쉬게."

"예."

그렇다고 앉아서 쉴 상황은 아니었다.

가만히 서서, 사방을 훑었다.

"지원군만 오면 되는데……."

"그러게. 도대체 언제 오는 거야?"

도무지 바깥 상황을 알 수가 없었다.

일단은 버티는 수밖에.

잠시 긴장감을 내려놓고 기여도를 확인했다.

[전쟁 기여도]

1위. 무혁(127,323점)

2위. 황용석(112,787점)

3위. 아르카(112,489점)

4위……

1위에 랭크되어 있었다.

2위는…….

황용석, 들어본 이름이었지만 이내 갸웃거리며 점수를 확인했다. 생각보다 차이가 컸다.

이 정도면 여유는 있는 편이네.

[공헌도(2)가 상승합니다.]

[공헌도(1)가 상승합니다.]

지금도 끝없이 올라가고 있으니 이대로만 유지하면 될 것 같았다.

무혁의 활약으로 조금의 여유는 생겼다지만 그렇다고 유리한 방향으로 돌아선 것은 아니었다. 여전히 포위망 속에 갇힌

형국이었던 터라 싸움은 불리하게 이어질 수밖에 없었다. 그나마 무혁의 행동에 자극을 받은 포르마 유저들이 적극적으로 움직이면서 대등한 상태를 겨우 이어 나가는 상황이었다.

하지만 그 대등함도 얼마 지나지 않아 깨어지고 말았다.

"뒤쪽, 뒤쪽에서 몰려옵니다!"

"뭐라……!"

"위험합니다, 공작님!"

무혁의 추측이 사실이 되었다.

"큰일이군……."

후방에서 갑작스럽게 튀어나온 대군에 균형이 일거에 무너졌다.

"우리는 왜 안 오는데!"

"미치겠네, 진짜!"

"하, 젠장."

그나마 무혁의 말을 듣고 스타팅 포인트를 퀴넘 제국으로 변경한 이들은 변경하지 않은 자들보다는 여유가 있었다.

"뭐, 우리는 상관없잖아."

"그렇지."

"이참에 공헌도 순위나 높이면 되겠네."

이들은 더 많은 공헌도를 위해서라면 당장에라도 죽어줄 용의가 있는 이들이었다.

여기서 모두가 죽는다면?

그럼 퀴넘 제국에서 다시 시작하는 이들이 유리해진다. 공헌도 순위를 대폭 올릴 수 있는 기회이기도 한 셈이었다.

쉽게 말해서, 이들은 죽음을 받아들인 것이다.

순간 무혁의 눈이 빛났다.

그래, 어차피 죽을 거라면……!

한 가지 시도하고픈 것이 있었던 것이다.

"마법사님, 증폭 부탁드립니다."

"아, 네."

증폭 마법이 걸린 순간 무혁이 입을 열었다.

목소리가 은은하게 퍼졌다.

"지금 상황이 많이 안 좋은데요."

소리가 들리는 범위에 속한 유저 대부분이 무혁을 쳐다봤다. 외측에 위치하여 카이온 대륙 유저의 공격을 막아내고 있는 자들과 그들을 보조하는 이들은 정신이 없어 미처 무혁에게 신경 쓰지 못했다. 일단은 이들만이라도 설득하는 게 우선이었다.

"기왕 이렇게 된 거, 한 곳에 집중해서 포위망이라도 뚫어보는 게 어떨까요?"

"뚫자고요?"

"엥? 뭐를요?"

"포위망이래요, 포위망."

"오호."

유저들이 관심을 보였다.

"조금 있으면 소환 계열 유저님들 쿨타임이 돌아올 겁니다. 그러니 소환수를 앞, 뒤에 배치해서 피해를 최소한으로 줄이면서 돌파에 집중하면 어떨까요?"

"어, 음. 확실히……"

"가능성이 있어 보이긴 하네요."

"괜찮은 것 같은데요?"

"음, 전 별로인데……"

"오히려 더 위험하지 않을까요?"

부정적인 의견에도 덤덤하게 대답해 줬다.

지금은 나아가는 게 최선임을.

이곳에 있어선 아무것도 할 수 없음을 말이다.

"어차피 이대로 있어봐야 개죽음일 뿐이잖아요."

가만히 있어선 아무것도 변하지 않으리라. 변하려면 행동해야만 한다. 그건 단순하지만 명확한 진리이기도 했다.

"그건 그렇죠……"

"이대로 있으면 분명 고립돼서 죽을 겁니다. 지금 로그아웃도 안 되고요."

"으음."

"한번 해보는 게 어떨까요?"

처음부터 무혁의 의견에 동조하던 이들이 힘을 보탰다.

"까짓것, 해보자고요!"

"해보죠? 네?"

그제야 부정적인 의견을 내놓던 이들도 고개를 끄덕였다.

"흐음, 뭐……"

"뚫어보죠."

"그래요, 해봅시다!"

무혁의 제안이 사방으로 퍼진다.

"정면을 뚫는다고?"

"정면이라······."

계획이 마음에 들지 않는 이들도 있겠지만 그들도 참여 의사를 밝혔다. 참여하지 않으면 포위당한 채 허무하게 죽게 될 것이 분명했으니까. 그 정도도 생각하지 못하는 바보는 다행스럽게도 이 자리에 없었다.

"간략하게 작전을 짜겠습니다. 일단은 이 계획을 짜게 되면 주변에 있는 유저들에게 가장 먼저 알려주십시오. 이건 포르마 대륙 유저 전원이 참여해야만 합니다. 아시겠죠?"

주변 유저들이 고개를 끄덕였다.

"그러면 신호부터 정하겠습니다. 제가 상황을 살펴보다가 기회가 왔다 싶을 때, 소환수 계열 유저분들에게 한 가지 부탁을 할 겁니다. 사방으로 소환수들을······."

무혁의 목소리가 전해졌다.

카이온 대륙의 유저를 이끄는 모르타바 공작. 그는 포위망이 형성되자마자 크게 원을 그리면서 카이온 대륙의 후방으로 이동했다.

"공작님!"

"무슨 일이지?"

"포르마 대륙의 지원군으로 보이는 자들을 발견했습니다."

"호오, 어디서?"

"좌측에서 한 그룹, 우측에서 두 그룹입니다."

"숫자는?"

"무리마다 5천 명으로 추정됩니다."

"1만 5천인가."

"예."

"후후, 좋군. 모이기 전에 처리하자고."

그에겐 5만의 용병이 있었다. 여유로울 수밖에 없었다.

"아마 기다리면 지원군이 더 오지 않을까 생각됩니다. 이참에 전부 처리하는 것도 좋을 것 같습니다."

"쯧, 그건 안 되지. 그전에 포르마 대륙군이 포위망을 뚫을 수도 있지 않나."

"어차피 후방을 뚫으려고 할 겁니다. 그곳에 5천 명 정도만 추가로 배치하면 시간은 충분히 벌 수 있을 겁니다."

"흐음. 5천이라……."

잠깐 고민하는 공작. 이내 수긍한다.

"좋아, 나쁘지 않은 생각이군. 대신 좀 서두르도록 하지."

"예, 알겠습니다!"

곧바로 명령이 전달되었다.

2만 5천, 그리고 2만. 2개의 그룹으로 나뉜 용병들이 좌, 우측으로 갈라졌다. 2만 5천 명의 1그룹은 1만의 포르마 용병을 상대했고, 2만 명인 2그룹은 5천의 포르마 용병을 상대했다. 남은 5천은 혹시나 뚫릴지도 모를 후방에 배치해 안정감을 높였다.

"뭐, 무난하겠군."

"그렇습니다. 숫자만 해도 차이가 상당히 납니다."

"그래도 방심은 금물이야."

"물론입니다, 공작님."

"서두르게."

"예!"

포르마 대륙의 지원군을 상대하는 시간은 생각보다 짧았다. 2배 이상의 전력으로 압살해 버린 것이다.

"정리했습니다, 공작님."

"수고했네."

모르타바 공작이 흐뭇하게 웃었다.

마침 또 다른 지원군을 발견했는지 경계조장이 달려왔다.

"좌, 우측에서 5천 명씩 다가오고 있습니다."

"거리는?"

"이곳의 전투를 확실하게 끝낼 정도로 여유롭습니다."

"그 정도로 멀리 있나?"

"예, 상당히 먼 거리입니다."

"괜히 기다려 줄 필요가 없지. 여기부터 끝내자고."

"좋은 생각입니다."

"흩어진 용병들 전부 후방으로 모으도록."

"알겠습니다."

5만의 용병이 후방에 배치되었다.

"다음 계획을 진행하라!"

북이 세 번 울렸다.

둥, 둥, 두웅.

그에 포르마 대륙 NPC와 유저를 포위하던 후방 용병들이 아주 살짝 길을 터줬다. 그곳으로 포르마 대륙군을 유인하기 위함이었다.

"후방을 뚫고 나왔을 때 아주 놀라겠지?"

"그럼요, 공작님."

"크큭, 재밌겠군. 아주 촘촘하게 진형을 구축하라고."

"예, 알겠습니다."

전투가 갈수록 치열해졌다.

"슬슬 후퇴할 모양이군."

틈을 보인 후방으로 나올 수밖에 없다.

그렇게 여겼으나.

아무리 기다려도 원하던 그림은 그려지지 않았다.

"이상하군."

그러나 확신이 있기에 불안하지 않았다.

가만히 기다리고 있을 즈음 곳곳에서 전투를 확인하며 상황을 파악하는 경계조장이 다급히 달려왔다.

"고, 공작님……!"

"무슨 일인가."

"포르마 대륙군이……."

"어서 말하도록!"

"저, 전방을 뚫고 있습니다!"

"뭐라……?"

예상치 못한 일에 순간 당황했으나 빠르게 정신을 차렸다.

"다, 당장 전방으로 이동하도록!"

"전부 말입니까?"

"아니, 잠깐……!"

이게 혹시나 함정이라면?

"2만, 2만 명만 데리고 간다!"

"알겠습니다! 아까 나눴던 2그룹만 이동한다!"

그러나 갑작스러운 상황이라 지시가 제대로 전달되지 않았다.

"어서! 2그룹은 앞으로 나오시오!"

시간이 흘러도 1만 명 수준밖에 모이지 않았다.

"내가 먼저 가겠다. 자네가 나머지를 끌고 오게!"

"알겠습니다!"

더 이상 기다릴 수 없었던 모르타바 공작은 그들만을 데리고 급히 이동했다.

가만히 타이밍을 기다렸다. 그사이 쿨타임이 돌아와 소환수를 불러낸다.

스컬 스네이크.

놈을 흩뿌려 전투의 전반적인 상황을 체크했다. 그러다 후방에 위치한 적대 유저들의 묘한 움직임을 캐치했다.

길을 열었군.

상황은 충분히 파악하고 있었기에 함정임을 바로 캐치할 수 있었다.

이것이 바로 기다리던 상황.

무혁이 마법사를 쳐다봤다.

"증폭 부탁합니다!"

"네!"

"소환수 유저님들, 시작해 주십시오!"

직후 사방에서 소환수들이 튀어나왔다.

그것이 신호였다. 포르마 대륙의 유저 모두가 앞으로 달리기 시작했다. 오직 하나, 전방을 뚫기 위하여 악착같은 기세를 표출한다.

"후방은 무시합니다!"

"앞만 보세요!"

가장 선두에 위치한 탱커형 소환수 뒤로 다수의 조폭 네크로맨서가 소환한 기마병들이 줄을 지어 나아간다. 그들의 가장 후미에는 무혁의 아머기마병이 위치했다.

콰과과광!

탱커형 소환수로 적대 유저들의 스킬을 소모시켰다.

한 번 더.

날아드는 스킬을 바라보던 무혁이 외쳤다.

"지금! 속도 올리세요!"

기마병들이 바닥을 밀어냈다.

파아앗.

사방에서 공격이 날아들었지만 소환수의 뒤에 숨어 어떻게든 버텨냈다. 그러면 치유 마법이 들어오거나 실드가 펼쳐졌다.

"포기하지 마라!"

아뮤르 공작 역시 단순히 따르기만 하는 것은 아니었다.

독려하고, 외치고, 함께한다. 그가 이끄는 마법사와 사제 역시 큰 도움이 되었지만 가끔씩 사용하는 사기 상승 스킬은 사막에서 내리는 한줄기 비처럼 달콤했다.

[아뮤르 공작이 '사기 상승'을 사용하셨습니다.]
[아군의 사기가 크게 증가합니다.]
[모든 능력치가 5퍼센트 상승합니다.]

마침, 또다시 스킬이 발동되었다.

"오오……!"

"가자아아아!"

그들은 오직 한 지점만을 뚫기 위한 날카로운 송곳이 되었다.

살아남기 위한 사투였다. 뚫기 위한 광란의 몸부림이었다.

-으으……!

-뚫어라, 좀……!

-어우, 시부럴!

-아, 긴장감 지리네요, 진짜.

-ㅎㄷㄷ 합니다.

일루전TV를 통해 지켜보는 방청자 역시 손에 땀을 쥐었다. 무혁의 영상을 하나로 편집하여 엄청난 이슈를 얻었던 이한규 역시 마찬가지였다.

"크으, 미치겠네. 진짜!"

무혁의 시야에서 바라보는 영상은 하나의 전율이었다.

침대에 누워 휴대폰 화면으로 영상을 보고 있노라면 어느새 거기에 빨려들어 다른 것은 조금도 생각하지 못할 정도였다.

지금도 이한규는 영상에서 눈을 떼지 못했다.

"와아……!"

감탄, 또 감탄할 뿐이었다.

이 감동을 어딘가에 전해주고 싶었다.

급히 채팅창을 클릭하고 휴대폰 화면 아래에서 치솟은 작은 자판기를 두드렸다.

-으아아아아, 엄청나네요, 진짜! 무혁 님, 존경합니다!

딱히 그 말에 반응하는 이들은 없었다.

그들 역시 놀라기에 바빴으니까.

-팬티 갈아입고 올게요.
-갈아입을 시간이 어딨삼? 그냥 말리삼.
-아재시네.
-갑자기 뭔 소리삼?
-언제 적 말투죠? 삼삼거리시네.
-내 맘이삼.
-어우……! 됐고 영상이나 봅시다!
-그럽삼.

슬쩍 채팅을 바라보던 이한규는 고개를 저었다.

집중하자, 집중.

훗날 다시 한번 충분한 영상이 쌓이게 되면 무혁에게 연락을 할 생각이었다. 그래서 전에 제작했던 영상보다 더 뛰어난 것으로 세상의 주목을 받고 싶었다.

뭐, 지금도 충분하긴 하지만.

이미 무혁의 첫 번째 영상으로 상당한 이슈를 낳았고 덕분에 집에서도 떵떵거릴 수 있게 되었다.

더 이상 이한규, 그가 하는 일을 집안에서 반대하지 않았던 것이다.

왜냐고?

영상 하나로 얻은 수익이 말도 안 되게 컸으니까. 아마 한동안은 매달 상당한 수익을 지급받게 될 것이 분명했다.

"아들."

"응?"

덕분에 요즘은 대접도 꽤 받았다.

"뭐 하고 있어?"

"아, 영상 보는 중이야."

"그래? 과일 좀 먹으면서 해."

"응!"

어머니가 깎아준 과일을 침대에서 먹는다. 영상에 집중하면서.

"그것도 작업인가 뭔가 할 거야?"

"당연하지. 좀 더 물량이 쌓이면."

"그래, 집중하렴."

"응!"

그래도 혼나지 않았다. 예전이었다면 등짝 스매싱을 몇 번이나 당했을 텐데.

"흐흐흐."

괜스레 웃음이 나왔다.

정말 운이 좋았어.

잡념을 지우고 다시 영상을 시청했다.

"오, 오오······!"

소환수 대부분이 죽어 나갔다. 기마병 역시 마찬가지.

무혁의 소환수인 아머기마병만이 근근이 버텼지만 결국 포위망을 뚫기 직전 바스러졌다. 하지만 그 뒤에 위치한 무수한 유저들이 남은 상황. 그들은 망설임 없이 앞으로 돌진했다.

넓은 범위도 아니다. 좁은 범위. 아주 작은 공간을 뚫기 위한 전력투구였다.

"조, 조금만 더⋯⋯!"

그때, 갑자기 전화가 왔다.

"아, 놔!"

짜증은 났지만 받지 않을 수 없었다. 화면에 MKK 방송국이라고 떡하니 찍혀 있었으니까.

저작권 때문이겠지?

이런 연락을 몇 번이나 받았기에 이젠 익숙해졌다.

그러나 고민이 되었다. 영상을 계속해서 볼 것이냐, 전화를 받을 것이냐.

잠깐 영상에 시선을 줬지만 상황이 참으로 애매했다. 뚫을 것 같기도 했고, 혹은 뚫지 못하고 밀릴 것 같기도 했다.

어쩌지?

분명 저작권에 관한 문제일 터. 돈을 거부할 자는 없었다. 그건 이한규 역시 마찬가지였고.

짧게 하자, 짧게.

결정을 내리고 통화 버튼을 눌렀다.

"여보세요?"

-이한규 씨 되십니까?

"네, 그런데요?"

-저는 MKK 방송국의⋯⋯.

이미 알고 있는 내용을 읊는 상대방으로 인해 쓸데없이 시간이 소모되었다.

"아, 네. 알아요. 그래서요?"

-아하하, 동영상을 이번 프로그램에 긴 시간 사용하려고 합니다.

"저작권료 문제 때문이죠?"

-네, 맞습니다.

돈을 번다는 건 좋은 일이지만 지금은 마음이 딴 곳에 있었다. 도무지 통화에 집중이 되지 않았다.

"이야기가 길어질까요?"

-네, 조금요.

더 이상은 영상에 대한 호기심을 참을 수 없었다.

"지금 너무 바빠서 그런데, 제가 조금 있다가 다시 전화드릴게요."

-아, 네. 알겠습니다. 기다리고 있겠습니다.

"네!"

전화를 끊고 다시 영상을 틀었다.

"아, 젠장……!"

가장 중요한 장면을 놓쳐 버리고 말았다.

"어우, 도대체 어떻게 된 거야?"

나중에 영상이 업로드되면 마음껏 볼 수 있겠지만 지금 당장 이 궁금증을 해결할 길이 사라졌음에도 분통을 느꼈다.

채팅방도 그저 감탄사로만 가득할 뿐, 어떻게 된 건지 일일이 알려주는 이는 없었다.

"으, 제기랄!"

MKK 방송국이 미워졌다.

"저작권료라도 겁나 세게 불러야겠다."

소심한 복수를 생각하는 그였다.

제5장
전략

후방에 배치되어 지휘권을 갖게 된 카이온 대륙의 유저, 엘 파소르는 울리는 북소리에 희미한 미소를 그렸다.

어서 와라.

주변 유저와 눈을 마주치며 고개를 끄덕였다.

조금씩, 은밀하게. 포위망을 뚫을 수 있을 것만 같은 틈을 보여준다. 이곳으로 유인하기 위해서. 살아남을지도 모른다는 희망으로 이곳을 들이닥칠 때, 저들은 절망을 맛보게 될 것이다. 반대로 그는 경험치와 무수한 기여도를 얻을 테고.

심혈을 기울었다. 저들을 단번에 잡아먹기 위해.

"어……?"

그런데 상황이 이상하게 흘러갔다.

"뭐, 뭐야!"

포르마 대륙군의 움직임이 순간 폭풍처럼 휘몰아쳤다. 문제는 그들이 나아가는 곳이 후방이 아니라 전방이라는 것이었다. 거대한 기세를 발산하며 달리는 그들을 막아내기엔, 전방에 위치한 이들의 수준이 너무 낮았다. 무엇보다도 전방에는 지휘권을 가진 유저가 없었다.

"이런 빌어먹을!"

상황이 심상치 않다.

왜, 어째서!

저들이 전방을 택한 이유를 파악할 사이는 없었다. 한시가 급했으니까.

예상대로 후방에 진을 치던 이들이 분주해졌다. 상당한 인원을 끌고 전방으로 나아가는 모르타바 공작을 보면서도 그는 불안함을 느꼈다.

다 놓치는 건 아니겠지⋯⋯?

이 순간을 위해 후방을 맡은 것이었다. 기여도를 단번에 올리기 위해서. 그런데 계획이 어긋나면서 기여도를 올릴 기회가 날아갔다.

"젠장⋯⋯."

짜증이 목구멍까지 차오른다. 이렇게 있을 순 없었다. 대열을 이탈해서라도 저들에게 타격을 입혀야만 했다.

하지만 혼자는 힘들다. 후방에 위치한 이들과 함께여야 안전을 도모할 수 있으리라.

"쫓아갑시다, 우리도!"

"네? 저기를요?"

"네, 그래야 기여도를 올리죠!"

"그치만, 우리는 후방만 맡기로 했는데……."

"이미 계획이 틀어졌다고요!"

"으음."

"저는 갑니다, 기여도 올릴 사람은 다 오세요!"

엘파소르가 자리를 이탈했다.

파밧.

속도를 내어 달리자 유저가 일부가 뒤를 따른다. 결국 목적은 하나. 기여도를 높여 좋은 아이템을 얻은 것이었으니까.

"에이, 우리도 가자고!"

"별수 없지."

나머지 유저도 가만히 있지 못했다. 괜히 손해 보는 기분이었으니. 그 탓에 대열 자체가 어그러졌지만 누구 하나 관심을 주지 않았다. 어차피 포르마 대륙 전부가 전방으로 쏟아져 가는 상황이었으니까. 더 이상 대열의 유지는 의미가 없었던 것이다.

포위망과 충분히 거리가 좁혀졌을 때.

데스 스켈레톤, 소환.

무혁은 남은 소환수 일부를 제물 삼아 데스 스켈레톤 100마리를 전방에 불러냈다. 카이온 대륙의 유저들이 밀집된 구역에서 갑작스럽게 튀어나온 소환수들.

전원 자폭!

적군들이 놀라기 전에 자폭을 명령했다.

쾅, 콰과과과광!

걷잡을 수 없는 거대한 폭발이었다. 상당수의 적대 유저가 녹아버렸다. 100마리의 자폭이었으니 당연한 일이었다. 하지만 워낙 두텁게 포위망을 구축하고 있었던 탓에 아직도 뚫지 못했다.

데스 스켈레톤, 소환.

무혁은 같은 장소에 100마리를 불러내어 자폭시켰다.

"미친, 피해!"

두 번이나 반복하니 근처에 있던 적대 유저가 기겁하며 뒷걸음질 쳤다.

"공간이 비잖아!"

"어쩌라고! 죽기 싫다고!"

"막아, 막으라고!"

"너나 막아, 새끼야!"

"너, 이, 개 같은……!"

무혁은 비슷한 장소에 다시 데스 스켈레톤 50마리를 불러냈다.

콰과과광!

애써 버티던 이들조차 고개를 저으며 좌, 우로 물러섰다.

"공간이 뚫렸다! 돌격하라!"

아뮤르 공작이 목소리가 고막을 때렸다.

"우와아아아!"

뚫린 공간으로 우르르 달려갔다. 도저히 막을 수 없었다. 중앙에 집결하고 있던 포르마 대륙군 전원이 달려든 것이니까.

게다가 아무리 포위망을 촘촘하게 구축했다고는 하지만 생각하지도 못한 돌격에 제대로 된 대응이 나올 리가 없었다. 훈련으로 다져진 NPC가 아닌 유저들에 불과했기에.

"뚫어어어어어어!"

"가자고!"

단단했던 둑이 무너졌다.

그 작은 틈으로. 물이 쏟아지듯, 포르마 대륙 유저들이 빠져나갔다.

가장 선두 무혁. 성민우와 예린, 그리고 김지연까지.

"드디어……!"

"오오!"

멈추지 않고 달려갔다.

"막아아아아!"

"어서!"

"조금만 버티란 말이다!"

환호와 감탄은 잠시였다.

"이런."

좌측 먼 곳에서 달려오고 있는 카이온 적대 유저들을 발견한 탓이다. 아마도 후방에 있던 자들일 것이다. 포르마 대륙 유저와 NPC 전원이 빠져나오기 전에 공격당할 게 분명해 보였다.

"산 넘어 산이네."

"어쩌냐, 이걸?"

"뭘 어째. 무시하고 가야지."

여기서 멈출 순 없었다. 선두에 위치한 자들이 비켜줘야 뒤에 있는 자들이 조금이라도 더 편하게 포위망에서 나올 수 있을 테니까.

일단은 모두가 빠져나와야 뭐라도 할 수 있었다.

"속도 올리세요!"

그나마 다행인 점도 있었다. 뚫려 버린 공간이 점차 커지고 있다는 부분이다. 공간이 넓어지니 빠져나오는 포르마 대륙군의 숫자도 갈수록 증대되었다.

"더 빨리, 더!"

하지만 그 과정에서 피해가 아예 없을 순 없었다. 포위망이 뚫리긴 했지만 카이온 유저들이 바보처럼 지켜만 보는 것은 아니었기 때문이다. 뚫려 버린 공간 근처에 위치한 적대 유저들은 꾸준히 공격을 시도했다.

콰광! 콰과과광!

폭발적이진 않았지만 죽음으로 몰고 가기엔 충분했다.

"속도를 높여라!"

아직 포위망에서 벗어나지 못한 아뮤르 공작이 입술을 씹었다. 바깥 상황은 알 수가 없고 뚫렸던 포위망이 점차 채워지기 시작한다.

콰과과과광!

무혁이 소환한 데스 스켈레톤이 한 번 더 폭발을 일으켰다.

후, 다행이군.

조금 여유가 생겼지만 그 시간은 길지 않았다.

"이제 괜찮아, 다시 막으라고!"

"막아, 어서!"

포위망이 다시 좁혀진다. 무혁의 도움은 없었다.

아무래도 힘이 바닥난 모양이리라.

"별수 없군. 호른 대마법사."

"예, 공작님."

"특등급 마정석을 사용하게."

"특등급을…… 말입니까?"

"그래."

"하지만……"

"별수 없지 않나. 일단은 저들도 그리고 우리도 살아야 하니까."

"으음, 알겠습니다. 어떤 마법으로 사용할까요?"

"실드, 그리고 헤이스트로."

고개를 끄덕인 호른 대마법사가 손을 들었다.

순간 솟구친 거대한 기운. 그것을 확인한 마법사들이 호른과 마찬가지로 손을 올렸다.

우웅, 우우웅.

마법사들의 옷이 펄럭이고. 그 안에서 하늘색의 조그마한 돌멩이 하나가 튀어나왔다. 마나의 흐름을 이기지 못하고 위로 솟구치는 돌멩이 수십 조각들. 대마법사 호른의 머리 위에서 그것들이 합쳐지기 시작했다.

폭풍과도 같은 기운이 맹렬하게 뭉쳐들고.

화아아악.

퍼져 나가는 빛과 함께 호른이 중얼거렸다.

"현자의 실드."

그리고.

"현자의 헤이스트."

마법의 힘이 그곳에 서렸다.

"어……?"

뒤이어 포르마 대륙 유저들 전부가 경악스러운 감탄사를 터뜨렸다.

"돌았네……!"

"미쳤다!"

"이건 무조건 뚫는다!"

"가자, 가자고!"

모두가 두 눈으로 확인했기 때문이다.

[대규모 광역 마법 '현자의 실드'가 발현됩니다.]

[10분간 HP의 500퍼센트에 해당하는 대미지를 흡수합니다.]

[10분간 MP의 500퍼센트에 해당하는 대미지를 흡수합니다.]

[대규모 광역 마법 '현자의 헤이스트'가 발현됩니다.]

[10분간 이동 속도가 200퍼센트 상승합니다.]

모르타바 공작의 표정이 일그러졌다. 퍼져 나가는 푸른색의 기운이 포르마 용병들에게 흡수되었다. 순간 탄성과 함께 엄청난 움직임을 보여주기 시작하는 그들.

"이런······!"

저게 어떤 마법인지 알고 있었다.

무려 특등급의 마정석을 소모해야만 가능한 힘이었다. 말이 특등급이지, 그것 하나를 만들기 위한 시간과 돈, 그리고 노력은 상상을 초월한다. 왕국이 1년간 쓰는 예산보다 더 많이 들어가는 것도 그렇지만 일정 숫자의 마법사가 항상 마법진 위에서 마나를 조절해야 하는 게 가장 큰 문제였다.

마법사는 소중한 인적자원이었고 그들을 움직이면 사방에서 거대한 이득을 얻을 수 있다. 그런 자들을, 그것도 수십 명을 항상 마법진 위에 올려두기만 해야 하는 것이다.

손해도 그런 손해가 없었다.

"그런 물건을······!"

이방인이 자리한 곳에서 사용했다.

"쯧. 멍청하긴!"

특등급의 마정석이 너무 아까웠다. 비록 적대국이지만 저걸 사용했다는 것 자체에 가슴이 쓰라렸다.

차라리 나한테 있었더라면 절대 이런 곳에서 쓰진 않았으리라. 설혹 잡히더라도 말이다.

그래도 죽진 않는다. 인질이 되어 협상의 도구로 사용은 되겠지만.

비장의 한 수가 될 것인데.

"모두 멈춰라!"

저걸 사용한 이상 싸움은 의미가 없다. 짧은 시간이겠지만 그동안에는 저들을 절대 막을 수 없기에. 그러나 그냥 놓아줄 생각은 아니었다. 뒤를 쫓는 건 가능한 일이었으니까.

"속도를 줄여라."

"뒤를 쫓을 겁니까?"

"그래. 우리 목표는 한 명, 아뮤르 공작이다."

"알겠습니다."

"단, 용병들에게는 공격을 명령하도록. 보상도 얘기하고."

"어느 수준으로 얘기할까요?"

"눈이 돌아갈 정도로."

상황이 꼬이긴 했지만 그래도 유리한 건 달라지지 않았다. 그에겐 무수한 이방인이 존재했다. 그들을 희생한다면 상황을 유지하는 건 어렵지 않은 일이다. 이방인들의 시체를 발판으로 삼아 아뮤르 공작만 사로잡으면 되니까.

자리에 멈춘 모르타바 공작.

덤덤한 표정으로 흘러가는 전황을 두 눈에 담았다.

다만 한 가지 포르마 대륙의 지원군이 마음에 걸렸으나 이내 고개를 젓는다. 오기 전에 끝낸다. 그것만이 그가 승리할 수 있는 길이었다.

달려가던 무혁이 고개를 획하고 돌렸다.

"허."

성민우와 예린, 김지연은 물론이고 바로 뒤에서 따라오던 게펜과 그의 일행들, 그리고 다수의 유저 모두가 눈을 크게 치켜떴다.

"와, 대박. 뭐냐, 이거!"

"이거 안 죽겠는데?"

"절대 안 죽지, 절대로!"

"흐음. 그러면……."

"그러면 뭐? 싸우자고? 싸워? 싸울까?"

성민우는 벌써부터 흥분한 기색이 역력했다.

무혁은 신중하게 생각했다.

이 정도 버프라면 압도할 수 있을 것이다. 그러나 문제가 있었다. 첫 번째 대격돌에서 카이온 대륙군 2만 명 정도를 죽였으니 지금은 대략 12만 명이 살아남은 상태다. 문제는 그중에 5만명은 애초에 포위망 형성에 참여하지도 않았다는 사실이다.

그러니 실질적으로는 10만 명과 싸워서 2만 명을 죽인 것이다. 그에 반해서 포르마 대륙군은 4만 명에 가까운 피해를 입었다.

그 피해를 전부 보상받고 또 버프가 끝난 이후에도 우위를 점하기 위해서는 10분 안에 3만 명은 죽여야 했다.

가능한가? 겨우 10분이라는 시간 동안.

힘들다는 판단이 선다.

그렇다고 이대로 도망친다면? 살아날 수 있는가.

그 역시 확신할 수 없었다.

도망치는 이들을 그냥 둘 카이온 대륙군이 아니었으니까.

추적은 확실했고 유저는 몰라도 NPC는 대부분이 죽거나 사로잡힐 게 분명했다.

그들의 죽음 그건 보고 싶지 않았다.

결정을 내렸다.

"그래야겠네."

"어?"

"우리도 싸우자고."

"코오오올!"

무혁의 긍정적인 대답에 성민우는 크게 외치며 멋들어지게 방향을 틀었으나 이내 멈칫거리고 말았다.

"아, 이런."

"왜?"

"이미 다 쓸려 나가고 있어서."

슬쩍 고개를 돌리는 무혁.

"아아……."

흥분한 것이 비단 성민우만은 아니었던 것이다.

버프를 받은 포르마 대륙의 유저들.

"죽여 버러어어!"

억눌려 있던 갑갑함을 한마음으로 터뜨리고 있었다.

막을 수 없는 파도가 되어 뒤덮어 버렸다.

"자, 10분 동안 공헌도 제대로 올려보자고."

"좋지!"

그때 게펜과 그의 일행이 무혁에게 다가왔다.

"무혁 님?"

"아, 네."

"갑자기 빠지시길래요."

"아아, 저희는 저 녀석들 좀 막으려구요."

"그래요?"

게펜이 잠깐 뒤를 쳐다봤다.

"흐음, 저희도 함께하죠."

"네?"

"스타팅 포인트, 퀴넘 제국으로 바꿔서 문제없습니다."

"그러면 고맙죠."

게펜과 그의 일행 역시 뛰어난 실력자다. 충분히 도움이 되리라.

"좌측에 보이죠?"

"네."

"아뮤르 공작이 벗어날 동안만 막으면 됩니다."

"지금 바로요?"

"아뇨. 지금은 포위망 뚫는 거에 도움을 좀 주고, NPC들이 무사히 빠져나오면 좌측에 위치한 자들이 쫓아가지 못하게 막아주세요. 아마 다른 유저들도 그때 즈음 되면 싸움에 휘말리게 될 테니 크게 무리한 일은 아닐 겁니다."

"알겠습니다."

"그럼 가죠."

무혁은 윈드 스텝을 사용해 급히 후방으로 달려갔다.

콰콰콰광!

포위망을 뚫는 것에 합류했다. 공간을 조금이라도 더 넓히기 위해서 말이다.

흠……!

그러다 아뮤르 공작을 발견한 무혁은 그에게 상황이라도 전해줄 겸, 근처로 다가갔다.

요란한 전장의 중심. 포르마 대륙의 용병들 사이로 NPC의 호위를 받고 있는 아뮤르 공작이 보였다.

"공작님."

"오, 자네군. 여기까진 또 왜 들어온 건가. 힘들게 포위망을 뚫어놓고선."

"뭐, 포위망이야 이미 무너졌으니까요."

"허허, 그래. 무슨 일인가."

"인사나 드리려고요."

"인사?"

"네, 나가자마자 바로 도망치셔야 합니다. 저는 좌측에 있는 추격대를 막아야 할 것 같거든요. 아마 이곳에 있는 이방인들도 꽤 흥분해서 무작정 도망치진 않을 것 같으니, 그 사이에 최대한 멀리 가시면 됩니다."

"그래서, 헤어짐의 인사인가."

"그렇죠, 뭐."

"허허. 추격대라……."

아뮤르 공작이 잠깐 눈을 감았다. 고민하는 기색이 역력했다.

왜 저러지?

무혁은 고개를 갸웃거렸으나 시간을 지체할 수 없었다. 몸을 돌리려는데 아뮤르 공작이 한숨을 쉬더니 눈을 번쩍하고 떴다.

"자네."

"네?"

아뮤르 공작, 그가 웃었다.

"정말 신기한 친구야."

"무슨……."

"아닐세. 그보다 소환수들이 아주 강하더군."

"아, 네. 감사합니다."

"만약에 말일세. 자네를 포함하여 자네의 소환수들이 세 배, 혹은 그 이상 더 강해진다면……."

그들이 세 배, 그 이상 강해진다?

생각만으로도 전율이 인다.

"자네는 이 전장을 정리할 수 있겠는가?"

"물론이죠."

머뭇거림도, 망설임도 없다.

그 정도라면…… '반드시'라고 해도 좋을 만큼.

"자신만만하군."

"하하, 뭐. 그럴 일은 없을 테니까요."

"아니, 만들어주지."

"예……?"

"시간은 길지 않겠지만, 자네는 강해질 것이네."

그가 품에서 상자를 꺼냈다. 옆에 있던 대마법사, 호른의 움찔거렸다.

"고, 공작님."

"괜찮네."

"그렇지만, 그건……."

특등급의 마정석을 사용할 때에도 이 정도로 놀라진 않았던 그다.

"그건 명운을 결정짓는 전장에서 사용해야 할 물건이 아닙니까……!"

아뮤르 공작이 웃으며 호른을 쳐다봤다.

"주위를 보게."

"예……?"

"나와는 전혀 상관도 없는 이방인들이 싸워주고 있네. 우리를 위해서."

"그렇지만 그들 역시 나름의 보상을 원해서……."

"그리고 지금, 눈앞에 있는 이방인은 나를 위해 싸워줄 테니 도망치라고 말하는군."

"……."

"나를 살리기 위해서 말이야."

그 말에 호른이 혼란스러워했다.

"게다가 폐하께서는 내게 사용권을 주었지. 후회 없을 곳에 쓰라고 말씀하시면서."

"으음."

"이곳에 내 명운을 걸 생각이라네."

그제야 호른도 고개를 끄덕였다.

"후우, 알겠습니다. 공작님의 명을 따릅니다."

"고맙네. 그리고 자네."

아뮤르 공작이 다시 무혁을 쳐다봤다.

"아, 네."

도대체 무슨 상황일까.

무혁은 의문을 애써 묵히며 그를 쳐다봤다.

"이건 헤밀 제국에서도 오랜 시간을 공들여 만든 마정석이지."

"마정석……."

"특급을 넘어서는 것이라네."

특급? 들어본 적도 없는 등급이었다. 그런데 그걸 넘어선다고?

"그 힘이 자네에게 깃들 것이네. 짧은 시간이겠지만."

"아……."

"그러니, 전장을 정리해 주게."

뭐라고 대답해야 할까. 설마 진짜로 강해진다고? 세 배, 아니, 그 이상으로?

순간 멍해진 무혁의 표정을 보던 아뮤르 공작이 웃으며 마정석을 호른에게 넘겼다.

"사용하게."

"자, 잠깐만요!"

"왜 그러나."

정말로 아뮤르 공작의 말이 사실이라면 무혁은 그를 제지해야만 했다.

"지금은 아닙니다!"

"무슨 소리인가."

"잠시만, 잠시만 기다려 주십시오."

적어도 소환수 쿨타임이 돌아올 때까지는.

"얼마나?"

"조금이면 됩니다. 그래야……."

"제대로 힘을 낼 수 있다, 이건가?"

"네, 맞습니다."

"알겠네."

"그리고 한 가지 부탁도 좀 드리겠습니다."

"뭔가?"

정말 압도적으로 강해질 경우를 대비하여 한 가지 계획을 세웠다.

"……이 내용을 소환수 계열 용병들에게 전해주십시오."

"그리하지."

그렇게 초조한 시간이 흘러가고.

"이제 됐습니다."

무혁의 말에 공작이 마정석을 대마법사 호른에게 넘겼다. 경건하게 그것을 받은 호른이 눈을 감은 채 주문을 외웠다. 이윽고 그의 전신에서 강력한 기운이 몰아치더니 마정석을 휘어잡았다.

서서히 떠오르는 마정석. 거기서 뿜어진 빛이 하늘로 쏘아
진다.

"시작하라!"

아뮤르 공작의 외침에 다른 마법사들도 주문을 외웠다. 그
들의 기운이 쏘아진 기둥으로 빨려들어 갔다. 마법사들의 전
신을 채우고 있던 거대했던 기운이 빠르게 소진되었다.

그중에서도 대마법사 호른의 상태가 꽤 심각했다. 전신의
핏줄이 섰고 마치 살을 뚫고 튀어나올 것처럼 팽창했다.

"으, 으으……!"

신음도 간헐적으로 들려왔다.

기둥처럼 솟구친 기운은 더욱 강해졌고 호른이 비틀거리는
그때.

파앗.

그 모든 기운이 한 사람에게 쏟아져 내렸다.

무혁, 그에게로 말이다.

달려드는 카이온 적대 유저가 보였다. 포위망의 후방을 책임
지던 자, 엘파소르였다. 물론 무혁은 그가 누구인지 알 길이
없었다. 다만 달려들기에 상대할 뿐.

저벅.

한 걸음을 옮기니 거리가 크게 좁혀졌다.

세상이 느려진 기분이었다. 아니, 실은 무혁 스스로가 너무 빨라진 탓이었지만.

어색하네, 아직은.

말도 되지 않는 버프를 받았다.

도저히 질 수가 없는, 도무지 패배할 수 없는 그런 버프를 몸에 담고서 단검을 가볍게 휘둘렀다.

휘릭.

풀 플레이트 아머에 날이 부딪히는 순간 엘파소르는 거부할 수 없는 힘을 느끼며 뒤로 날아갔다. 신음조차 제대로 흘리지 못한 채 뒤에 위치한 카이온 유저와 바닥을 굴렀다. 그 상태에서 서서히 희미해졌다.

"뭐, 뭐야……?"

놀라는 카이온 유저가 고개를 돌렸다. 어느새 무혁이 앞에 있었다.

"흡!"

단검이 얼굴을 내리찍었다.

[크리티컬이 터집니다.]

피해가 어느 수준인지 확인할 겨를도 없었다. 어둠이 찾아왔으니까. 죽어버린 것이다.

"미친, 뭐냐고!"

그의 옆에 있던 유저가 외쳤고 그 소리에 이끌린 무혁이 다시 한번 단검을 휘둘렀다. 측면으로 날아가 버린 적대 유저, 그리고 날아드는 그를 받으려던 자들이 너부러진다.

그들에게 다가가 단검으로 내리찍었다.

푹, 푸욱.

바닥에 깊게 박혀 버리는 자들.

도대체 얼마나 강하기에……?

의문이 솟을 때, 무혁은 박힌 이들을 지나쳤다.

왜, 죽이지 않고?

의문은 금세 풀렸다. 바닥에 박혔던 자들이 희미해지며 사라졌으니까.

강제 로그아웃의 명확한 증거였다.

한 방, 겨우 한 방이었다. 지금까지 죽은 자들 모두가 공격 한 번을 버티지 못하고 죽어버린 것이다.

"그, 그래도……! 그래도 한 명이잖아!"

"공격을 하라고!"

"퍼부어, 퍼부으란 말이다!"

사방에서 스킬들이 날아든다.

무심히 바라보는 무혁. 피할 것은 피하고 그러지 못하는 것은 맞아줬다. 피해는 극히 미미한 수준, 후폭풍에서 빠져나온 그는 멀쩡했다.

"계속 공격해!"

"그래, 하다 보면 죽겠지!"

생각보다 공격이 거세다.

확실히 혼자서 이 많은 이를 상대하는 건 어려운 일이었다. 충분히 압도적인 힘을 보여줬으니 이제 더 큰 충격을 줄 차례였다. 저들 역시 무혁이 혼자라는 것에 억지로 힘을 쥐어짜 내고 있으니 이번 스킬로 저들은 단번에 기세를 잃으리라.

스켈레톤, 전원 소환.

무혁의 스탯에 영향을 받는 만큼 소환수들 역시 평소보다 수 배 이상은 강해진 상태였다. 피어오르는 위압감이 확실히 달랐다.

"아아……!"

그 모습에 카이온 유저들이 자기도 모르게 뒷걸음질 쳤다.

혼자였음에도 괴물이었건만. 이제는 소환수까지 나타나 버렸다.

"어떻게 막으라고, 저걸!"

"사기야, 아니, 버그라고, 이건!"

저렇게 강해도 되는 것인가.

도대체 어떻게.

이유는 알 수가 없다. 기둥 같았던 빛이 뭔가 했으리라 짐작할 뿐이었다.

문제는 무혁의 소환수 한 마리가 웬만한 유저보다 더 강하다는 사실이었다. 정말 말도 안 되는 이야기였지만, 도저히 회피할 수 없는 현실이었다.

아머나이트, 사방으로 퍼져.

아머기마병, 돌진.

무혁은 그들의 입장에 대해 고민하지 않았다.

지금은 한 가지만 생각했다. 이 전장을 정리하는 것. 그는 오직 그것 하나에만 집중하면 될 뿐이었다.

데스 스켈레톤 소환.

희생양은 진화를 거치지 않은 일반 스켈레톤 전원.

숫자는 700마리. 모든 능력치가 급증하면서 HP는 물론이고 MP도 상당히 여유로워졌기에 가능한 일이었다.

물론 더 불러내는 것도 가능했지만 혹시 모를 사태를 대비해서 상당 부분의 여유분은 남겨둬야만 했다. 위급할 땐 익스체인지도 써야 했으니까.

데스 스켈레톤, 흩어져.

자폭은 쓰지 않았다.

죽어버린 기운.

범위 디버프 스킬을 사용한 후.

연속 찌르기.

스킬을 사용하는 것만으로도 적대 유저들은 허겁지겁 도망치기에 바빴으니까.

데스 큐어.

가끔은 HP가 줄어드는 데스 스켈레톤을 치유하기도 했고.

암흑 치유의 정령에게도 회복 스킬을 사용하도록 명령을 내렸다.

콰과과광!

물론 무혁 본인도 피해를 입으면 회복 마법을 사용했다.

익스체인지.

죽지 않는 초인이 되어 전장을 휘저었다.

"이건 안 돼!"

"시발, 그냥 도망치자고!"

유저들은 죽는 것을 싫어했다.

24시간의 페널티. 그걸 피하고자 하는 마음이 컸으니까.

덕분에 나아가려는 자, 도망치려는 자가 섞이면서 난장판이 되었다.

무혁은 그곳을 압도적으로 눌렀고.

스윽.

족히 천 명 이상의 유저를 정리한 후에야 주변을 살폈다.

버프의 남은 시간은 20분. 그 안에 반드시 사로잡거나 죽여야 할 자가 있었다.

저 녀석인가.

한 명의 남성을 기사단이 호위하고 있었다.

마법사와 궁병, 신관도 보였다. 입고 있는 옷만 보더라도 높은 위치에 있는 자임은 확실했다.

저벅.

무혁이 그에게로 다가갔다.

윈드 스텝.

앞을 가로막는 이들은 단검으로 치워 버렸다.

[스탯, 민첩(0.0218)이 상승합니다.]

[공헌도(21)가 상승합니다.]

[지휘자로서 공헌도를 일부 나눠 받습니다.]

[공헌도(2)가 상승합니다.]

[공헌도(19)가 상승합니다.]

[지휘자로서······.]

쉴 새 없이 떠오르는 메시지.

아머나이트······!

그것들을 확인하면서도 해야 할 일들을 명확하게, 그리고 재빠르게 실행해 나갔다.

스켈레톤의 상황 체크.

스스로를 통제하는 것. 동시에 하기엔 어려운 일이었지만 무혁에겐 문제가 없었다.

다시 베고, 찌르고, 강하게 휘둘러 버렸다.

"음······?"

그 기세를 느낀 것일까.

모르타바 공작이 고개를 돌렸다.

허공에서 시선이 얽히고 순간 미간을 찌푸린 그가 손가락을 까딱거렸다.

"놈을 막아라."

그를 호위하는 이들이 태세를 갖춘다. 마법사와 궁수는 공격을, 기사는 방패를 굳건하게 새운 채 방어 자세를 취했다.

파워 대시.

순간 무혁이 보이지 않았다가 코앞에 나타났다.

콰앙!

강한 충격과 함께.

"크으윽!"

앞에서 방어를 취하던 기사가 허무하게 밀려났다.

파천궁술, 제3초식 파천사.

거대한 기운이 화살에 서리고 고스란히 전방으로 쏟아진다.

"마, 막아!"

놀란 모르타바 공작이 주춤 물러났다. 그 앞을 가로막은 기사들은 폭발에 휘말려 사방으로 날아갔다. 직후, 드러난 작은 틈을 바라보며 무혁이 지면을 밀어냈다.

파괴자의 돌진.

눈 한 번 깜박이는 찰나의 순간 모르타바의 코앞. 바람과 함께 무혁이 등장했다.

"가, 감히 이방인이 어딜……!"

무혁은 무시한 채 단검을 휘둘렀다.

서걱.

그의 옷자락이 베어졌다.

"허, 허업……!"

"입 다물자."

"뭐라……!"

무혁이 다시금 단검을 휘둘렀다.

이번엔 피부를 베었다.

"크윽……!"

"한 번만 더 입 열면 죽어."

"……."

그제야 모르타바 공작이 얌전해졌다. 불안한 듯 동공을 이리저리 굴리지만 누구도 이 상황에서 도움을 줄 순 없었다.

"고, 공작님……!"

"으음!"

모두들 그저 지켜볼 수밖에 없었으니까.

맞네.

이제 확신할 수 있었다. 사로잡은 자가 총지휘관이 분명했다.

음?

그때 한 명의 마법사가 몰래 주문을 외우기 시작했다. 주변에 배치한 스켈레톤 덕분에 그 모습을 확인한 무혁이 단검을 그었다.

"크윽! 왜, 왜 갑자기……?"

"저기 뒤쪽에 있는 마법사가 주문을 외워서."

모르타바 공작이 미간을 찌푸렸다.

"모두 멈춰라! 아무런 행동도 취하지 마라!"

그제야 마법사가 주문을 멈췄다.

"자, 그럼 이제 용병들도 물려야지."

"그건……!"

"싫으면 여기서 죽고."

"자, 잠깐. 알겠다."

모르타바가 뒤쪽을 쳐다봤다.

"정리하게……."

"예, 공작님."

부지휘관이 고개를 끄덕인 후 카이온 대륙의 유저들을 통제했다.

"싸움을 멈춰라! 전투는 끝났다!"

하지만 쉽게 멈출 상황이 아니었다.

병사들이 바삐 움직인다.

"싸움을 중단하라! 전투는 끝났다! 지금 여기서 싸움을 멈추고 물러서는 자들에게는 더 특별한 보상을 줄 것이다!"

목소리가 강하게 퍼졌다. 더 좋은 보상이란 말에 상당한 유저가 반응했다.

"흐음, 뭐. 굳이 더 싸워봐야……."

"좀 위험하지, 상황이?"

"물러나자고."

그렇게 상당수 유저가 물러나면서 카이온 대륙이 순식간에 불리해졌다. 그에 무리를 하지 않으려는 카이온 유저가 다시금 전장에서 빠졌다.

"지금 여기서 멈추는 자들에게는……!"

그 모습을 확인한 무혁이 손을 슬쩍 올려 손가락 두 개를 폈다. 소환수의 시야를 통해 그 모습을 본 포르마 대륙의 유저가 주변으로 무언가를 전달했다.

"이제 되지 않았나."

"아직."

무혁은 소환수를 이용하여 NPC들을 모두 제압했다.

"하아."

그제야 패배를 실감한 모르타바 공작이었다.

"끝났군."

"글쎄."

무혁은 여기서 끝낼 생각이 없었다. 슬쩍 확인하니 이미 포르마 대륙 유저들이 바삐 움직이고 있었다.

잘하고 있네.

처음엔 그저 어지럽게만 보였다.

하지만 시간이 조금 지나고 다시 전장을 살폈을 땐 처음과는 완전히 다른 모습이 되어 있었다.

포위망을 형성하고 있던 카이온 유저들이 한 곳에 밀집되어 있었고 반대로 포위망에 갇혀 있었던 포르마 대륙군이 그들을 포위하고 있었던 것이다.

"저, 저게 뭔가!"

"보면 알겠지."

무혁은 웃으며 손을 들었다.

손가락은 세 개.

직후 포르마 대륙의 유저들이 스킬을 난사했다.

"뭐, 뭐야!"

밀집된 곳에서 고함이 들려왔지만.

콰과과과광!

뒤이어진 폭발에 묻혀 버렸다.

"자네!"

"어차피 이방인이잖아. 신경 끄라고."

"크윽……!"

그렇게 강제적으로 다시금 싸움이 시작되었다. 당연히 포위망을 형성한 포르마 대륙군이 압도적으로 유리했다.

"고생했네."

마침 아뮤르 공작이 NPC들과 함께 다가왔다.

"오셨습니까, 공작님."

"그래, 이제 내가 이곳을 정리하겠네."

"알겠습니다."

"자네는……."

"마무리를 지어야죠."

"부탁하겠네."

무혁은 모르타바 공작을 아뮤르 공작에게 넘긴 후 전장으로 몸을 던졌다.

버프의 남은 시간은 11분가량. 수백, 혹은 그 이상의 적대 유저를 죽이기에 결코 부족함이 없었다.

카메라맨 안태호가 사방을 쏘다녔다.

여기도, 저기도. 무혁의 움직임은 화려하면서도 빨랐기에 어쩔 수가 없었다.

"어우, 어마어마하구만."

숨 돌릴 틈도 없었다.

헛? 뭐야.

잠깐 딴생각을 하는 사이에 무혁을 놓쳐 버렸다.

언제 저길 간 거야!

다행히 임팩트가 강해서 금방 눈에 들어왔다.

적진 깊은 곳, 난동을 부리고 있었다.

쿠와아앙!

거리를 벌리더니 기마궁수 사이에 몸을 숨겨 버렸다.

아, 정말.

안태호는 급히 움직여 그를 화면에 담았다.

넓게 봐야겠는데.

무혁이 공격할 경로를 예측하여 줌 아웃을 했다.

작아지는 유저들. 좌측은 뭉친 카이온 적대 유저기 있고 오른쪽에는 질서정연하게 움직이는 기마궁수와 무혁이 있었다.

호오.

꽤나 볼만한 모습에 감탄하는 순간, 다량의 화살이 쏟아졌다.

기마궁수의 뼈 화살이 하늘을 빼곡하게 채운다. 아마 저 사이에 무혁의 화살이 숨어 있으리라.

긴장하자고!

과연 예상치 못한 피해는 어디에서 터질 것인가.

내리꽂히는 화살들.

힘겹게 막아내는 탱커들 사이로 비명이 들렸다.

"크헉!"

자리를 움직여 피해를 입은 곳을 찍었다. 마치 폭탄이 떨어지기라도 한 것처럼 일정 구역의 땅만 크게 파여 버렸다.

물론 그곳에 위치하고 있던 카이온 적대 유저는 바닥을 나뒹구는 것으로도 모자라서 뒤쪽에 위치한 다른 유저에게까지 피해를 입혔다.

죽음과 함께.

그 뒤로 무혁의 화살이 다시 날아든다. 이번엔 한 대도 아니었다. 다량의 화살이 수십의 유저를 집어삼켰다.

"실드!"

"그레이트 힐!"

온갖 방어 마법과 치유 마법을 받았지만 버프가 끝나지 않은 지금의 무혁을 막아내기엔 부족함이 있었다.

한 구역이 박살 나버렸다. 수십의 유저가 녹았다.

"허……."

안태호는 고개를 저으며 다시 무혁을 쳐다봤다.

또 언제 저길 간 거야!

이번엔 아머기마병과 함께 돌진하고 있는 무혁의 모습이 보였다.

무지막지한 모습이 실시간으로 퍼졌다.

[제목 : 님들, 일루전TV 오세요!]

[내용 : 지금 무혁 님 미쳐서 날뛰고 있습니다! 어서어서 와서 구경들 하시죠! 최소 팬티 세 장은 준비하고 오세요!]

└팬티는 왜요?

└지릴 테니까 갈아입어야죠!

└아하……?

└그래 봐야 조폭 네크로맨서잖아요. 그냥 재미없게 소환수한테만 집중할 텐데.

└아직도 무혁 님을 모르는 분이 계셨다니……!

└뭐, 특별할 게 있나요? 일루전을 즐긴 게 최근이라…….

└직접 와서 보시죠. htt…….

└흠, 속는 셈치고 봄.

└윗분, 무혁 님 영상은 진리입니다^^

└후회 안 함, 절대.

이와 흡사한 글이 게시판을 장악했다.

[제목 : 5분 지났습니다!]

[내용 : 남은 시간 25분……! 링크 겁니다. 어서 와서 일인군단의 위

용을 확인하세요!]

[제목 : 15분 남았어요!]
[내용 : 빨리 와서 보세요. 아니면 100퍼센트 후회합니다!]

흥미를 가진 이들이 대거 모여들었다.

[방청자 : 172,322명]

새로고침을 할 때마다 50명, 100명씩 늘어났다.

-와, 오늘 방청하는 분들 역대급으로 많은데요?
-지금 게시판 도배되고 난리 났어요.
-아, 그래요? 전 여기서 눈을 뗄 수가 없어서 홈페이지 들어갈 생각
도 안 한……
-저도 그랬는데 너무 아쉬워서 홍보를 좀 했죠. 후후.
-잘하셨네요.
-저도 링크타고 왔습니다!
-오…… 기대 안 했는데……
-어때요?ㅋㅋ
-팬티 다섯장 갈아입었네요…… 근데 너무 세서 약간 허탈하기도 해요.
-허탈요?
-네, 저랑 너무 비교가 되니……

-아, 그 심정 알아요……. 저도 초기에 그랬었죠.

-어떻게 극복하신 건지…….

-천외천……. 그냥 다른 사람이라고 여기면 편해요.

-크흑……ㅠㅠ

-전 일루전도 못 즐기는 처지라…… 주말에만 잠깐씩 하고 있어요ㅎ 그래서 이렇게 강한 유저분 영상 보면서 스트레스 해소하네요. 대리 만족도 하고요.

-대부분이 그러시죠 ㅠㅠ!

-오늘도 일합시다…….

-파이팅…….

-아, 저 걸렸네요. 업무 좀 보러 갈게요!

-고생하세요!

그사이, 전투가 끝을 향해 달려갔다.

카이온 대륙군을 무자비하게 능욕하는 무혁.

-자, 집중해야죠!

-그럽시다. 지금 거의 마무리인 것 같은데…….

지켜보던 방청자들은 승리가 임박했음을 느낀다.

포르마 대륙군이 포위망을 형성한 채로 스킬을 난사하고 있어서 중앙에 밀집된 카이온 대륙 유저들은 단순히 버티는 것밖에 할 게 없었다. 원래라면 반항이라도 했겠지만 지금은 무혁이라는 천외천의 존재가 있었다.

　홀로 사방을 돌아다니고 있었는데 그것만으로도 카이온 유저들에겐 커다란 압박이었다.

"돌겠네, 진짜……!"

"하, 당했어. 완벽하게."

"아, 젠장. 로그아웃도 안 되잖아!"

"죽어야 되나?"

"별수 있나. 저 미친놈이 저렇게 있는데."

그 순간 무혁이 화살을 날렸다.

"허업!"

놀란 유저가 방패로 막았으나.

콰아앙!

폭발과 함께 어둠이 찾아왔다.

미친, 어후.

속으로 욕을 뱉으며 강제로 로그 아웃되는 유저들이 하나 둘씩 늘어갔다.

"뭐, 원대로 로그아웃은 했겠네."

"빌어먹을 놈."

힘의 격차가 뼛속까지 느껴졌다.

무혁은 말하고 있었다. 계속해서 덤벼보라고. 도망쳐 보라고. 발악을 해보라고. 그래 봐야, 죽음뿐이라고 말이다.

-음, 이거 정리되면 어떻게 되려나요?

-아직 카이온 대륙을 다 정복한 건 아니지만, 사실상 정복하는 건 무리겠죠?

-그렇죠, 아무래도.

-퀴넘 제국도 항복하니까 받아들여 줬고. 거기서 보상도 상당히 뜯은 걸로 기억해요. 아마 전쟁이 마무리되면 제대로 된 보상을 더 받아먹겠죠. 지금 같은 추세라면 카이온 대륙의 다른 제국도 항복하고 보상금을 주지 않을까요?

-그렇겠네요.

-사실 계속 이렇게 전쟁만 할 수도 없는 노릇이니…….

-보상금이 상당하겠죠?

-아마도요ㅋㅋ 적어도 포르마 대륙에서 유저들한테 뿌리는 보상보다는 크겠죠?

-아, 맞네요!

-헐, 그걸 다 보상하면…….

-카이온 대륙 거덜나겠는디요?

-ㅎㄷㄷㄷ!

-ㅋㅋㅋㅋㅋㅋㅋ 꿀잼일 듯.

-카이온 대륙이 좀 살기 힘들어지겠네요.

-대신 포르마 대륙은 호화!

-우리한텐 좋네요ㅎㅎ

-글쵸.

이후로도 한동안 무혁의 독무대가 펼쳐졌다.

-어, 끝났네요.

-그러네. 무혁 님 버프 시간 끝난 듯.

-후우, 엄청났네요.

-VR로 보셨나요, 다들?

-네, 현실감 작렬…….

-저런 전투에 참여하면 이런 느낌이었겠군요.

-무혁 님처럼 움직였다면요…….

-아아, 그러네요ㅋㅋ

-하긴 원거리 계열 유저님들은 VR로 봐도 영, 재미가 없더라고요.

무혁이 뒤로 물러섰다. 방청자들은 버프가 끝났다고 생각했지만 아니었다.

아직 1분 30초가량 남은 상태. 마지막 공격을 위해 호흡을 고를 뿐이었다.

"어? 무혁, 그 새끼 갔는데?"

"끝났지? 끝난 거지? 죽인다, 죽이자고!"

"가자아아아!"

카이온 대륙 유저들이 불같이 일어났다. 그 순간 곳곳에 배치되어 있던 데스 스켈레톤이 터져 나갔다.

중앙에 집결된 카이온 대륙 유저들, 그중에서도 가장 바깥에 위치한 탱커 계열의 유저가 큰 피해를 입었다. 버프가 끝나지 않은 상태에서의 파괴력에 휩쓸려 버린 탓에 버텨낼 재간이 없었다.

"시바, 뭐야아아아!"

"안 끝났잖아!"

뒤이어 무혁의 멀티샷이 쏘아지고 살아남은 스켈레톤이 달려들기 시작한다. 무혁은 탱커 계열 유저만을 노렸다. 꼼꼼한 지시로 근근이 버티던 탱커 유저를 박멸시켜 나갔다.

"후우."

버프 시간이 10초 남았을 즈음.

쩝, 진짜 끝이네.

아쉬운 표정을 감춘 채 다시 물러났다.

"뭐, 뭐야……?"

"또 낚는 거 아냐?"

"젠장. 이젠 탱커 유저도 거의 없다고!"

"농락이네, 농락이야."

그러나 카이온 유저들은 쉽사리 행동하지 못했다.

무혁이 또다시 발광할까 봐.

데스 스켈레톤은 이제 없지만 아직 다른 스켈레톤은 상당수 남아 있었으니까 경계심이 유지될 수밖에 없었다. 그 사이에도 꾸준하게 프르마 대륙군의 공격은 이어졌다. 탱커 계열 다수가 죽어버린 그들은 기둥이 무너진 건물과 다름없었다.

흔들거리고. 비틀렸으며. 이윽고 부서지듯, 무너져 내렸다.

카이온 대륙의 유저 전원이 죽었다.

페널티 시간은 24시간.

"그 안에 끝을 내야 합니다."

"그래야지."

무혁의 말에 아뮤르 공작이 눈을 예리하게 빛냈다.

"공작님!"

마침 후방 탐색조가 왔다.

"왔나? 상황은?"

"지원군이 도착하고 있습니다!"

"후우, 좀 늦긴 했지만……."

상황은 결코 나쁘지 않았다.

아니, 아니지. 오히려 좋다고 해야 할 것이다.

"휴식은 최소로 한다."

지는 게 당연한 전장을 승리로 이끈 덕분이었다.

"이후, 브라운 제국과 하라센 제국을 동시에 치겠다."

"알겠습니다, 공작님!"

카이온 대륙의 실력자들이 대거 사라진 지금이 절호의 기회였으니 절대 놓칠 수 없었다. 아뮤르 공작은 물론, 유저들도 승리를 만끽하며 휴식을 취했다. 자리로 돌아가는 무혁은 유저들의 환호를 받았다.

"휘이이익!"

"무혁 님, 최곱니다!"

"진짜 대박이었어요!"

"아, 감사합니다."

좌우를 보며 계속해서 고개를 숙였다.

여기, 저기. 끝없이 이어지던 길이 정리되었다.

"오빠, 고생했어. 최고!"

"고마워."

예린이 가장 먼저 반겨줬다. 김지연이 다음. 마지막으로 성민우가 손을 턱 하니 올렸다. 무혁은 피식하고 웃으며 그의 손바닥을 강하게 때려줬다.

쫘악 소리와 함께 성민우가 몸을 움츠렸다.

"어우, 하이파이브하다가 죽겠네."

"약골이구만."

"짜식, 아무튼 고생했다."

"운이 좋았지."

근처에 있던 게펜과 일행이 다가왔다.

"대단했습니다."

"고맙습니다."

"크, 무혁 님. 진짜 어마어마하시네요."

불곰 유저가 엄지를 치켜든다.

"뭘요."

"쉬었다가 공격 간다고 하던데……."

"맞아요."

"어떻게 되려나요."

"글쎄요."

일단 기회가 오긴 했는데.

"뭐, 양측 공격에 성공해서 항복을 받아내든가, 아니면 막혀서 다시 지지부진해지겠죠."

"어후. 진짜 장난이 아니네요, 전쟁이란 게."

무혁은 어떤 상황으로 이어지더라도 상관없었다. 지지부진해지면 이어지는 작은 전투에서 공헌도를 쌓으면서 단검으로 스탯을 올리면 되는 것이고, 후자라면 승리에 대한 보상을 받은 후 일상으로 돌아가면 될 테니까.

"뭐, 일단은 기다려 보죠."

잠시 후.

생각보다 많은 지원군이 도착했다.

"어? 우와……."

"뭐가 저렇게 많아?"

유저도 꽤 있었지만 그보다는 NPC로 이뤄진 병사들의 숫자가 상상을 초월했다. 그제야 아뮤르 공작이 각 그룹의 지휘권자를 다시 불러 모았다.

"다들 모였군."

"네."

"타이밍이 좋았다고 할 수 있겠지. 정예 병사들로 이뤄진 지원군이 상당수 모였으니까. 우리는 지금 당장 두 그룹으로 나뉘어 브라운 제국과 하라센 제국으로 전진하겠다. 이번 전투로 그들의 항복을 받아내는 것이 최우선 목표이니 기억하도록."

지휘 권한을 지닌 유저들이 고개를 끄덕였다.

"여기서부터 여기까지는 1그룹. 나머지는 2그룹이다. 1그룹은 나와 함께 하라센 제국으로, 2그룹은 무혁 남작."

"예."

"자네가 맡아서 브라운 제국의 항복을 받아주게."

무혁으로선 거절할 이유가 없었다.

[2그룹의 총책임자가 되었습니다.]
[그들의 기여도 일부를 획득합니다.]

덕분에 위치가 올라갔으니까.

"알겠습니다."

아뮤르 공작이 고개를 돌려 마법사를 쳐다봤다.

"증폭."

마법을 받은 그가 입을 열었다.

"지금부터 1그룹은 나를 따른다!"

유저 절반과 NPC로 이뤄진 병사 절반이 기세를 뿌리며 나아갔다. 잠시 그 모습을 보던 무혁도 뒤이어 나머지 유저, 그리고 병사들과 함께 브라운 제국으로 향했다. 대규모의 인원이었던 터라 지나가다 마주치는 카이온 유저들은 지레 겁을 먹으며 길을 비켜줬다.

"와, 인원 봐."

"이러다가 카이온 대륙 망하는 거 아냐?"

"설마……."

"다른 데로 떠나야 되나?"

"에이, 재수 없게."

"아니, 상황이 그래 보이잖아."

카이온 유저들의 대화가 얼핏 들려왔다.

"우리 이제 어쩌……."

소리가 작아서 흐리긴 했지만 이해하는 것 자체는 어렵지 않았다.

뭐, 망할 일은 없을 텐데.

그렇게 생각하며 속도를 높였다.

4시간을 이동해 도착한 왕국.

여기부터 브라운 제국에 속한 영토였다.

"하, 항복!"

그들은 하얀 깃발을 꽂으며 정문을 열었다. 숫자에 지레 겁을 먹은 것이다. 덕분에 시간을 단축할 수 있었다.

"바로 이동하겠습니다."

왕국에 위치한 워프게이트를 사용했다.

목적지는 브라운 제국. 당연히 워프는 거절되었다. 전쟁 중이었으니까. 브라운 제국이 자체적으로 막아버린 것이다.

혹시나 하는 마음으로 시도해 봤지만 역시나 허사였다.

다시 목적지를 설정했다.

무버 마을. 숫자가 많아서 워프게이트를 사용하는 것에만 시간이 상당 부분 소요되었다. 그러나 덕분에 브라운 제국과의 거리는 현저하게 줄었다.

"속도를 높이겠습니다."

이젠 달려서 가는 방법밖에 남지 않았다.

예상 소요시간은 5시간. 틈틈이 휴식을 취하고 허기를 달랜다.

다시 출발.

한편.

브라운 제국의 황제, 그리고 귀족들이 한자리에 모였다.

"그래서, 어찌하잔 말인가."

황제의 서릿발 같은 말에 귀족들이 눈치를 본다. 그러나 이대로 가만히 있을 수도 없는 법인지라 결국 누군가는 입을 열어야만 했다. 모인 귀족들의 시선이 황제가 위치한 곳과 반대로 이동하고, 그 끝자락에 위치한 자작은 당황하여 얼굴을 붉혔다. 은연중에 그에게 모든 시선이 모여 버린 탓이었다.

"그, 그것이……."

자작이 돌아가지 않는 머리를 열심히 굴렸다.

희망을 말한 것인가. 현실을 직시할 것인가.

고민을 하고 있는데 불쑥 말이 튀어나왔다.

"아, 아무래도, 실력이 있는 이방인은 모두 당해 버린 상태라……."

본인조차 놀란 자작. 그 순간 황제가 뜨거운 시선으로 그를 쳐다봤다.

"버티면 다시 오지 않겠나."

이방인은 불사의 축복을 받았기에.

에라, 모르겠다!

자작은 눈을 질끈 감았다.

이미 한 번 뱉은 말, 주워 담을 수도 없었으니까.

"저, 저희들은 하나의 목숨이 전부입니다, 폐하."

"흐음."

"이, 이방인들은 죽음을 도외시하고 달려들 것입니다. 장인들이 제작한 공성 무기가 성벽을 파괴할 것이고 내부로 침입한 이들은 건물과 새, 생명을 앗아갈 것입니다. 물론 이방인들을 막아내는 것은 문제가 없으나, 그동안에 쌓이는 피해는 가, 감히 상상할 수도 없습니다. 그, 그러니까…… 그 상태에서 이어지는 포르마 대륙군의 화력을 감당하는 것은 무, 무리라 판단됩니다."

황제는 입을 다물었다.

이렇게 항복해야 하는가.

결국은 불사의 축복을 받은 이방인의 존재 유무. 그것이 승패를 가른 것이다.

물론 황제의 입장에서야 쉽게 인정할 수 있으랴.

다만 한 가지. 무의미한 피해는 막아야 할 뿐.

뜨거웠던 감정이 차갑게 식는다.

이성이 돌아온 것이다. 그러나 기분이 좋지 않았기에 얼어

붙은 바다처럼, 냉기 어린 분위기만이 가득하다.

늪보다 깊은 침묵이 이어지고.

"후우, 모두 자작의 생각에 동의하는 것인가."

탄식과 함께 날카로운 시선이 송곳처럼 날아든다.

"……."

대답은 없었다. 그러나, 그것이 곧 답이기도 했다.

제6장
승리, 그리고 인연

수다를 실컷 떨었는지 잠시 조용해졌다.

"어우, 심심하네."

성민우가 손을 휘저었다.

"난 홈페이지나 좀 보련다."

"나두!"

성민우와 예린, 김지연이 조용해지니 무혁도 지루함을 느꼈다.

흠, 나도 좀 볼까.

[제목 : 내가 목격했어, 친구들아. 퀴넘 제국 전쟁 말이야.]

[내용 : 게임에 접속을 했는데 퀴넘 제국이 항복을 한 상태더라고. 그래서 편하게 이곳저곳 돌아다녔는데 마침 전쟁이 벌어지는 걸 멀리서 목격했지 뭐야. 다들 궁금하지? 1분 뒤에 새로운 글을 올릴 테니까 추천이나 박아줘.]

└이런 걸로 낚시하지 말자고.

└나 진짜 화가 나.

└결정했어.

└뭐를?

└이 녀석의 글은 절대로 보지 않기로.

└나도 거기에 동참하겠어.

└나 역시.

무혁도 미간을 찌푸렸다.

아, 쩝. 낚였네.

다른 게시물의 내용을 복사해서 다시 번역했다.

[제목 : 무혁이란 유저, 봤어?]

[내용 : 난 전쟁에 직접 참여한 유저야. 탱커 계열인데, 혼자 날뛰더라고. 그래서 아, 저 녀석은 멍청이구나. 무조건 죽겠다, 싶었는데…… 이게 무슨 일? 갑자기 내 손을 잡더니 집어 던지더라고. 아무튼 이후로 공격을 당해서 죽었는데. 그 무혁이란 유저, 어떻게 된 건지 아는 사람 있어?]

└똑바로 말해야지. 손목이 아니라 거기였잖아.

└거기라니?

└배꼽 아래, 거기 말이야.

└헛소리하지 마. 난 거길 잡힌 적이 없다고!

└크큭, 영상에 이미 다 나왔다고.

└퍽 유, 꺼져 버려.

무혁 본인에 대한 이야기였지만 실속은 없었다.

전부 잡담뿐이네.

물론 재미가 없는 건 아니었다. 그냥 시간을 때우기에는 나쁘지 않았지만 그래도 기왕이면 의미가 있는 정보가 있었으면 싶었다.

이것도 볼까. 재미를 위해서.

[제목 : 아, 나 오늘 대박 쳤어!]

[내용 : 던전 하나 발견했는데, 여기서 보상으로……!]

[제목 : 이번 전쟁, 위험한 거 같은데…….]

[내용 : 지금 퀴넘 제국 근처에서 벌어진 싸움. 끝나지 않았어? 결과는? 우리가 패배한 거면 위험한 거 아냐?]

└무슨 상관이야. 우린 우리끼리 지내면 되는 거라고.

└맞아. 걱정 말고 레벨이나 올리라고.

└정 안 되면 대륙 옮기면 되는 거잖아. 안 그래?

└나쁘지 않지.

└하긴, 말도 다 통하고.

"어?"

의외의 정보 하나를 발견할 수 있었다.

[제목 : 나 지금 마우림 소도시에 있는데, 여기서 싸움 났는데?]

[내용 : 왜 다들 퀴넘 제국만 이야기하는 거야? 여기 마우림 소도시도 난리가 났다고. 백호세가 NPC들이랑 제국 병사들이 전투를 벌이고 있다니까? 퀘스트 깨러 왔다가 싸우기에 처음에는 포르마 대륙군이 쳐들어온 줄 알았지 뭐야. 깜짝 놀라서 도와줘야 하나 싶었는데 그냥 NPC들끼리 싸우기에 구경만 하는 중이야. 아무튼, 생각보다 살벌해.]

└백호세가? 나 들어본 적 있어. 거기 유명하잖아.

└맞아. 거기 스킬 배우려고 유저들이 꽤 찾아갔었지. 물론 전부 실패했지만.

└그건 잘못된 정보야. 극소수의 유저는 스킬을 획득한 걸로 알아.

└진짜야?

└어, 진짜라고.

└와우. 나도 다시 도전해야 하나…….

└그럴 일은 없을걸?

└왜?

└지금 백호세가 NPC들 전부 피난 중이거든.

└허, 싸움에서 진 거야?

└졌다기보다는 병사들이 치사하게 화력으로 세가 자체를 무너뜨리더라고.

└저런.

└아무튼, 이제 백호세가는 갈 곳이 없어. 싸움 자체는 그들이 압도

하고 있지만 시간이 지나면 이야기가 달라지겠지. 먹을 것도, 지낼 곳도 없는 그들의 입장에서는 시간의 흐름이 곧 패배와 다름이 없으니까.

백호세가에 대한 이야기였다. 좋은 기억이 있는 곳.

그들이 핍박받고 있다는 사실에 안타까움이 느껴졌다.

그런데, 왜?

공격을 받는 이유가 도대체 뭘까. 검색을 시작했다.

전부 단순히 백호세가가 싸운다는 이야기만 있었다. 그러다 한 개의 게시물에서 어디와 싸우는지를 명확하게 파악할 수 있었다.

지금 향하는 곳 바로 브라운 제국이었다.

다시 검색.

그들의 상태가 좀 더 상세하게 그려진다.

백호세가와 브라운 제국의 전쟁.

일당백의 파괴력. 그러나 숫자에 밀려 약한 자들이 하나둘 쓰러지는 중이었다.

찾았다……!

약 30분을 검색하고서야 발견한 원인.

[제목 : 백호세가랑 인연이 조금 있는데……]

[내용 : 브라운 제국이랑 전쟁난 이유가 무혁, 그 새끼 때문이라는 군. 하아, 내가 백호세가에서 이제 막 스킬 배울 수 있을 것 같았는데! 진짜! 아, 그놈의 턱을 날려 버리고 싶다고!]

└안타까운 걸. 근데 무혁 때문이라, 무슨 소리야?

└그 녀석, 알고 봤더니 백호세가에서 스킬을 배웠더라고.

└호오, 대단한데?

└Fu★k!

└대단하긴 하지. 아무튼, 그래서 브라운 제국에서 둘을 엮은 모양이야.

└하, 예전부터 시비 거는 것 같더니…….

└그래! 이번에 완전 제대로 마음을 먹은 모양이더라고. 뭐, 배신을 했다느니 하면서 말살을 목표로 한다던데?

└빌어먹을, 좋은 곳이었는데.

무혁의 눈썹이 파르르, 떨렸다.

나 때문이라고?

미안한 마음이 솟아오른다.

어쩌지?

순간 한 가지를 깨달았다.

그래, 브라운 제국. 승자에 대한 권한으로 그들을 구해낼 수 있을 것 같았다. 무혁은 급히 마법사를 불러 아뮤르 공작과의 연결을 부탁했다.

-무슨 일인가.

"한 가지 부탁드릴 게 있습니다."

-호오, 말해보게.

"저 때문에 피해를 입고 있는 곳이 있습니다. 승자에 대한 보상으로 그들의 안전을 보장받고 싶습니다.

-그게 다인가?

"네."

-간단하군. 원하는 대로 하게. 자네가 이번 전쟁에서 세운 공이 얼마인데.

"감사합니다."

-별말을 다 하는군. 그리고, 내가 말했던 보상도 꼭 받게.

"알겠습니다."

-그들이 괜히 위세를 부리면 그냥 엎어버려도 좋아.

"하하, 네."

-마지막으로 하나 더. 절대 귀족과 병사를 먼저 풀어주겠다고 하지 말게. 먼저 풀어주게 되면, 상황이 어떻게 될지 나도 짐작할 수가 없으니.

"알겠습니다."

충분히 대화를 나눈 후 연결을 끊었다.

"증폭 마법을 부탁합니다."

"네."

마법을 받은 무혁이 외쳤다.

"힘들겠지만 속도를 조금만 더 높이도록 하겠습니다!"

휴식도 최소로 줄였다. 백호세가에 속한 이들을 한 명이라도 더 살리기 위한 선택이었다.

한참을 달려 도착한 브라운 제국.

"오빠, 저기⋯⋯!"

예린이 가리키는 곳은 전방이었다. 약간 멍한 기분으로 나아가던 무혁은 정신을 차리고서 그녀의 손가락을 따라갔다.

"어?"

뒤늦게 주변 유저들도 상황을 파악했다.

"무슨 의미지?"

"함정 아냐?"

"음, 그럴 수도 있긴 한데⋯⋯."

성문이 열려 있었던 것이다.

깃발은 없나?

거리가 멀어서 아직 뭐라 단정 지을 순 없었다. 성문은 거대했기에 바로 눈에 들어왔지만 깃발은 작은 크기라 지금 거리에선 보이지 않을 수도 있기 때문이었다.

"조금만 더 가보자."

하지만 만약의 사태를 위해 속도를 늦추고 경계도를 높였다. 그리고 스네이크를 소환해 빠른 속도로 사방으로 퍼트렸다.

흐음.

뭔가 이상한 부분은 보이지 않았다.

"오빠, 저기 보여."

"응?"

고개를 드니 저들의 명백한 입장을 확인할 수 있었다.

새하얀 깃발. 그것이 가장 높은 곳에 꽂혀 있었던 것이다.

"항복이네."

물론 저렇게 해놓고 성문으로 유인한 후에 공격을 감행할 수도 있지만 그럴 확률은 지극히 낮았다. 내부에서 전투가 벌어져 봐야 부서지는 것은 결국 그들의 건물일 뿐이었으니까.

그래도 확인은 해야지.

무혁은 스컬 스네이크를 먼저 보냈다.

내부에 병사는 없었다. 대신, 멀지 않은 곳에 귀족으로 보이는 이들이 다수 모여 있었다.

"함정은 아니네. 가자."

"오케이!"

곧바로 증폭 마법으로 상황을 알렸다.

"브라운 제국은 아무래도 항복을 택한 것 같습니다."

그에 두 가지 반응이 감지되었다.

"오오……!"

"크, 드디어 끝나는구만."

"보상만 얻으면 되나?"

열렬하게 환영하는 이들.

"생각보다 싱거운데요?"

"아쉽네, 기여도 좀 올리나 싶었는데."

"아, 더 싸우고 싶었는데……."

섭한 기색의 이들. 그러나 결과는 변하지 않는다.

"자, 갑시다."

무혁은 모두를 이끈 채 성문을 넘었다.

"어서 오십시오."

유저와 NPC로 이뤄진 대군을 귀족들이 반겼다.

완벽한 승리였다.

성내로 진입한 무혁이 황제와 마주 앉았다.

이런 기회가 언제 오겠어.

그의 눈빛에서 카리스마가 느껴졌지만 어차피 현실이 아니었다. 게임이라는 점을 상기하면서 그를 마주 봤다.

"그래, 승자의 권리를 원한다라."

"네."

아뮤르 공작에게서 들은 그대로를 전하기만 하면 된다.

"당연한 일이지. 패배한 이상 충분한 보상을 할 수밖에."

"구체적으로 언급하죠."

"말해보게."

"먼저 카이온 대륙에 포르마 대륙에 쳐들어오면서 발생한 피해부터 보상받겠습니다. 상급 마정석 500개, 최상급 마정석 100개. 특등급 마정석 5개."

"특등급 마정석 5개라⋯⋯."

"최상급 무구도 받아야겠습니다. 검과 창, 활은 각 500점씩. 나머지 무기는 계열별로 300점씩 받겠습니다."

"흠, 그리고?"

"사로잡은 브라운 귀족과 병사들이 있습니다. 그들을 풀어 주는 대가로……."

무혁은 계속해서 말했고, 황제는 들었다.

"그래, 더 원하는 게 있나?"

"마지막으로 백호세가에 대한 공격을 중단해 주십시오. 그들의 안전을 보장해야 합니다."

황제가 고개를 끄덕였다.

"좋아. 전부 들어주지. 단, 그대들이 먼저 실행해 주게."

"무슨 소리이신지."

"귀족들과 병사를 먼저 풀어주게."

"그건 어렵겠네요."

"이렇게 시간을 끄는 동안에도 자네가 안전을 보장해 달라던 그들이 죽어가고 있네."

순간 무혁의 표정이 일그러졌다.

"그러니, 보상. 그리고 안전을 먼저 보장해 주시죠."

황제는 여유롭게 받아쳤다.

"다시 말하겠네. 귀족과 병사부터 풀어주게. 그리하면 모든 조건을 들어주지. 하라센 제국을 다스리는 내 이름을 걸도록 하지. 어렵지 않은 일이네. 자네가 수긍한다면 모든 일이 수월하게 처리될 것이야."

황제의 말에는 강한 힘이 있었다. 순간 무혁도 고개를 끄덕일 뻔했으니까.

후우, 정신 차리자.

절대 황제의 말을 수용해선 안 되었다. 아뮤르 공작의 말을 떠나서, 저 황제를 도무지 믿을 수가 없었으니까.

귀족과 병사를 풀어준다면?

그 이후 보상을 주겠다고 약속하고서 함정을 준비한다면?

시간은 흐를 것이고 퀴넘 제국에서 쓸어버린 카이온 유저들의 페널티가 끝나게 된다.

함정과 상위권 유저들. 모두가 준비된 카이온 제국이 어떻게 나올 것인가.

과연 보상을 주려고 할까?

이후에 벌어질 일을 예상할 수 없었다.

추측은 가능하다. 아마도 결코 상황이 순조롭게는 흘러가지 않을 것이라는 추측. 그러니 확실한 것을 먼저 파악해야 한다.

포르마 대륙이 귀족과 병사를 다수 인질로 잡고 있다는 점. 카이온 대륙 유저의 사망 페널티가 끝나지 않은 시점이라 압도적으로 유리하다는 점.

이건 명백한 진실이었다.

그 진실을 토대로 상황을 이끄는 것은 무혁, 그가 되어야만 했다.

마음을 다잡고서 차갑게 가라앉은 시선으로 황제를 직시했다. 마음을 투영하듯, 어투조차 차가웠다.

"제안을 변경합니다."

"흐음?"

"백호세가에 속한 자들 중에서 누군가 다칠 경우. 10명꼴로 상급 마정석 20개, 최상급 마정석 10개, 특등급 마정석 1개를 추가로 받겠습니다. 혹여 사망자가 나올 경우 1명꼴로 상급 마정석 30개, 최상급 마정석 15개, 특등급 마정석 1개를 추가하여 받겠습니다."

"뭐라……?"

"지금도 시간은 흐르고 있습니다."

절대 허언이 아니었다. 그렇기에 가능한 수치를 언급한 것이다. 차라리 말도 안 되는 수량으로 압박했다면 황제는 허언임을 확신하며 또 다른 제안을 했을 것이다. 그러나 충분히 가능한 수치였기에 오히려 당황하며 머뭇거렸다.

하라센 제국의 황제. 그가 처음으로 미간을 좁혔다.

무혁은 입을 열지 않았다.

1초, 다시 1초. 시간이 흐를수록 조급해지는 건 무혁이 아니라, 황제였으니까.

이미 선을 넘었다. 여기서 더 무언가를 언급해 봐야 의미가 없었다. 그냥 조용히 기다리는 게 최선이었다.

10초, 20초.

시간은 지독스레 흘러갔고.

"……그리하지."

결국 황제가 무혁의 요구를 수용했다.

탁자를 두 번 두드리고.

"통신구를 가져오라."

말이 끝나자마자 누군가 안으로 들어왔다.

"연결하라."

"예, 폐하."

통신구에 보이는 인물. 백호세가를 치러 갔던 총책임자, 가라베 백작이었다.

"가라베 백작."

-예, 폐하!

고개를 숙인 그가 보인다.

"전투를 멈추도록 하라."

-예?

"백호세가의 안전을 결코 위협하지 말도록 하라."

-아, 알겠습니다. 폐하. 그러면…….

"복귀하도록."

-예……!

통신을 종료하려는 순간 무혁이 손을 들었다.

"그들의 피해를 확인하셔야죠."

"흐음…….."

황제가 고개를 끄덕였다.

"백호세가의 피해가 얼마나 되지?"

-세가원 37명을 수중에 넣었습니다. 함정으로 끌어들여 호법사자 한 명과 장로 한 명도 사로잡을 수 있었습니다. 아직 사망자는 없으나 고문을 견디지 못한 몇 명의 세가원이 곧 죽을 것으로 추측이…….

"그만."

-아, 예.

"다친 이들을 지금 당장 치료해 주고 회복이 끝나면 그들을 모두 풀어주도록. 사망자가 생겨선 결코 안 될 것이다."

-폐, 폐하……? 이들을 사로잡으려다 입은 피해가…….

"두 번 말하지 않겠다."

-아, 알겠습니다…….

무려 37명이 사로잡혔다. 당장 치료를 한다면 사망자는 나오지 않을 것이다.

그나마 다행이네.

"37명이 다쳤군요."

"그렇다는군."

"그들에 대한 피해 보상으로 상급 60개, 최상급 30개, 특등급은 3개만 받겠습니다. 특별히 나머지 부분은 받지 않겠습니다."

"……."

"그럼 이제 포르마 대륙에서 입은 피해 보상과 전투로 입은 피해에 대한 보상을 지급해 주시기 바랍니다."

"그러지. 단, 일부 물품은 시간이 걸린다는 사실을 감안하게."

"알겠습니다. 그 물품에 대한 것은 따로 계약을 작성하도록 하겠습니다."

"그렇게 하지. 케일."

"예, 폐하."

"보상을 지급하도록."

"알겠습니다."

더 이상 황제와 독대할 이유가 없었다.

"이쪽으로."

몸을 일으켜 케일이란 자를 따라갔다. 도착한 곳은 창고.

"잠시만 기다려 주시길."

곧이어 나온 케일이 주머니 하나를 넘겼다.

"마법의 주머니입니다. 이곳에 보상을 담았으니 확인해 보십시오."

곧바로 주머니에 손을 넣었다. 보상을 확인한 무혁은 주머니를 인벤토리에 넣었다.

"몇 개 빠진 게 있군요. 계약서를 작성하도록 하죠."

"알겠습니다."

일사천리였다.

후, 끝났네.

그제야 긴장을 살짝 내려놓는 무혁이었다.

간간이 들리는 신음과 눅눅한 습기.

올라오는 지독한 냄새가 코를 찔렀다.

"괜찮나……?"

"견딜 정도는 됩니다……."

그곳에 백호세가 인물이 대거 쓰러져 있었다. 다수가 정신을 차리지 못하는 가운데, 일부 인원만이 벽에 몸을 기대었다. 아무리 고통스럽더라도 이곳에 몸을 눕히지 않겠다는 지독한 자존심이었다.

"이렇게 가는군."

"장로님……."

"호법사자, 자네도 고생했네."

"별말씀을."

고요한 적막이 흐르는 가운데 발걸음 소리가 들려온다.

"또 시작인가……."

다시 고문이 시작되리라 예상하며 미간을 찌푸렸다.

그런데 철문이 열리더니 갑자기 치료사가 들이닥쳤다.

"어서 치료부터 해!"

뒤쪽에는 브라운 제국의 가라베 백작이 있었다.

"이건 또 무슨 해괴한 짓인가!"

장로가 고함을 질렀으나 가라베는 표정을 일그러뜨리며 고개를 돌렸다.

"운 좋은 새끼들."

"뭐라……?"

"살고 싶으면 입 다물어!"

가라베의 기세가 사뭇 거세다.

그러나 굽힐 이들이 아니었다.

"이미 죽을 목숨인 것을."

"하, 정말."

"입을 열었으니 죽여보게."

그러나 가라베는 움찔거릴 뿐 나서지는 않았다.

"쳇. 치료하고 올라오도록!"

"예, 백작님."

치료사만을 남겨놓은 채 사라졌다.

"이상하군."

"그러게 말입니다."

이상한 수작을 부리나 싶었지만 일단 치료는 진짜였다. 기력이 없어 당장에라도 죽을 것만 같았던 백호세가의 무사들이 정신을 차리기 시작했다.

"어, 어떻게 된 건지……."

"자, 장로님……?"

"허허, 정신을 차렸군."

"예. 도대체 어떻게 된 겁니까?"

"왜 갑자기 치료를……."

그들의 질문에 장로가 고개를 저었다.

"나도 모르겠군. 상처를 치료하고 다시 고문을 할지도……."

장로의 말에 다들 표정이 굳었다.

"아아……."

순간 절망의 침묵이 서린다.

그러나 이내 표정을 추슬렀다.

"버텨야죠."

"허허."

"버틸 겁니다, 장로님."

"그래, 좋은 마음가짐이로군."

그때 치료사가 장로에게 다가왔다. 그의 치료는 금방 끝났다.

그러나 바로 옆에 있는 호법사자의 치료는 시간이 꽤 걸렸다. 이곳에 모인 어떤 이들보다도 그의 상태가 위중했던 탓이었다. 그럼에도 정신을 잃지 않고 버텨냈다는 사실이 참으로 대단할 뿐이었다.

"치료사님."

"네."

"한 명 더 붙어야 할 것 같아요."

"아, 잠시만요."

호법사자를 치료하던 자가 도움을 청했고, 결국 두 명의 치료사가 붙어서야 그의 상처를 제대로 치유할 수 있었다. 파리하던 안색이 서서히 본래대로 돌아왔고, 그제야 호법사자는 눈을 떴다.

"괜찮나."

"예, 장로님."

"다행이군."

물론 내공은 사용할 수 없었다. 금제를 당했기에.

그러나 모처럼 상처 없는 멀쩡한 몸이 되니 참으로 기분이 상쾌했다. 곳곳에서 느껴지는 악취만 아니었더라면 더 좋았겠지만.

"후, 일단 다들 충분히 쉬어두게. 또 언제 고문을 당할지 모르니."

"알겠습니다."

세가원들의 표정은 굳건했다. 조금도 흔들림을 느낄 수가 없었다.

그 순간 누군가 다시 들어왔다. 다수의 병사와 기사였는데 병사는 벽에 딱 붙었고 기사는 철장으로 다가갔다.

"치료는?"

"끝났습니다."

그에 기사가 세가원을 훑었다.

"모두 나와라."

물론 누구도 움직이지 않았다.

"후. 상황은 잘 모르지만 너희를 풀어주라는 명령이었다. 그러니 어서 나와."

"허허. 풀어준다고?"

"그래, 꾸물거리지 말고 나와. 어서!"

세가원들이 장로와 호법사자를 쳐다봤다. 어찌할지를 묻는 시선이었다.

"일단 나가보도록 하지."

"예."

모두 몸을 일으켰다. 그제야 철문을 나서 병사로 이뤄진 길을 따라서 걸었다.

"가라."

풀어준다는 게 거짓이 아니었다. 하지만 아직도 의심은 남아 있었다.

"왜 풀어주는 건가. 우리가 가는 곳을 몰래 따라오기라도 할 참인가?"

"나도 확실한 건 모른다. 다만."

"다만?"

"포르마 대륙과의 전쟁이 끝나면서 갑작스레 일이 진행되었다. 아마도 보상으로 너희들의 안전을 요청한 것 같은데……."

"우리의 안전을?"

"그래. 나도 잘 모르니 그만 물어보도록."

그 말을 끝으로 기사가 병사들을 데리고 돌아갔다. 한참을 그 자리에 있던 장로가 세가원을 끌고 이동했다.

"일단은 이동한다."

"예!"

함정일 가능성은 여전했기에 거점에 들어갈 생각은 없었다. 일단은 그 근처를 배회하면서 한동안 상황을 지켜보기로 했다.

"음?"

그러나 그 계획은 몇 시간도 흐르지 않아 수정되었다.

"가주님, 준비를 마쳤습니다."

"그런가."

"예."

"그럼, 출발하지."

결연한 표정의 그들은 마지막 전투를 준비하고 있었다. 붙잡힌 장로와 호법사자, 그리고 식솔들을 구출하기 위한 싸움.

아마도 그곳에서 대부분이 붙잡히거나 죽을 것이다. 그걸 알면서도 모두들 한 마디의 불평도 없이 싸움을 준비했다.

붙잡힌 세가원이 이곳에 있는 그 누가 되었더라도 가주는 같은 결정을 내렸을 테니까.

"모두 모였나?"

"예!"

"좋아, 출발한다."

거점에서 나와 당당하게 걸음을 옮겼다.

얼마나 나아갔을까. 어디선가 화살이 날아들었다.

사로잡고 있던 이들을 전부 풀어줬다.

전쟁은 끝났다.

그곳엔 메시지와 함께 약병 하나가 달려 있었다.

"이건……?"

장로 한 명이 약을 살폈다.

"이건 내공의 봉인을 해독하는 물약입니다."

"흐음. 일단은 계속 간다."

"예."

여기까지 와서 멈출 순 없었다. 이 내용이 진실이라 확신할
수도 없었으니까.

다만 경계를 더욱 높였다.

"가주님!"

"매복인가?"

"그, 그게 아니라……."

"그럼?"

"장로님과 호법사자님을 포함한 세가원 전원이 돌아왔습니다!"

"뭐라……?"

가주가 미간을 찌푸렸다.

"함정일 확률은?"

"완벽하게 확인했습니다. 주변에 함정은 없었습니다!"

"허어."

화살에 달려 있던 메시지가 진짜라는 소리가 아닌가.

"그들을 맞이하라."

어차피 거점도 아니었기에 거리낄 게 없었다.

애초의 목표도 그들의 구출이었고 설혹 함정이라 하더라도 그들을 데려갈 생각이었다.

"경계를 유지하도록."

"알겠습니다, 가주!"

이윽고 식솔들과 마주했다.

"가주!"

"가주님!"

장로와 호법사자, 그리고 다른 세가의 가솔들. 그들을 보니 절로 미소가 그려졌다.

"장로."

"예, 가주."

"일단 이것부터 마시게. 우호법, 자네도. 그리고 자네들도."

"감사합니다, 가주님!"

약을 먹은 이들의 내공이 돌아왔다.

"그보다, 도대체 어찌 된 일인가."

장로가 기사에게 들었던 것을 알려줬다.

"포르마 대륙에서……?"

"그렇다고 듣기는 했습니다만, 보다 더 자세한 건 조사를 해 봐야 알 것 같습니다."

"그렇군. 일단은 돌아가지."

"어디로 말입니까."

"내가 미리 알아둔 곳이 있네."

"알겠습니다, 가주."

가주, 백호운은 긴장을 유지한 채 이동했다.

새로운 거점에 도착하기 전 주변을 세심하게 탐색했으나 보이는 건 아무것도 없었다.

사람, 몬스터, 심지어 동물 한 마리조차도.

그럼에도 마음을 놓지 않은 채 경계태세를 유지했고, 그 사이에 보다 자세한 내막을 알아보기 위한 조사에 착수했다.

알아내는 건 생각보다 어렵지 않았다. 숨겨진 정보가 아니었던 탓이었다.

"허허……."

가주가 허탈하게 웃었다.

"정말이었군."

"예."

"무혁, 그 친구가 우릴 구한 거였어."

목숨의 구함을 받았다. 은혜를 입은 것이다.

백호세가는, 결코 은혜를 잊은 적이 없었다.

"선택해야 할 때가 왔군."

"가주님, 그러면……."

"그래, 더 이상 카이온 대륙에 남을 이유가 없지 않겠나."

"그렇습니다."

"맞습니다, 가주님!"

이곳에서의 기억은 온통 추할 뿐이었으니까.

"떠나도록 하지."

목적지는, 포르마 대륙이었다.

아뮤르 공작. 그의 요구 대부분이 수용되었다.

이제 마지막 한 가지.

"또 남았나?"

"네, 가장 중요한 것이 남았지 않습니까."

"무언가."

하라센 제국의 황제가 귀찮다는 어투로 물어왔다.

"알테온, 그자를 넘겨주셔야지요."

"아아, 그가 남았었군."

"어디에 있습니까?"

"걱정하지 말게, 자네가 이곳에 도착하기 전에 이미 그를 잡아 오라 일러뒀으니."

"다행이군요."

"조금 있으면 도착할 것이네. 또 다른 것은?"

"시간이 걸리는 물품에 대한 계약서를 작성해야겠습니다."

"그러지. 또 있나?"

"충분합니다."

"그럼 이제 자네 차례군. 그들을 풀어주게."

"물론입니다. 단, 포르마 대륙으로 향하는 배에 탑승하는 전. 귀족을 제외한 모두를 안전하게 풀어주겠습니다."

"귀족은?"

"포르마 대륙에 무사히 도착하면 풀어줄 것입니다."

황제가 몇 번 압박해 봤으나 아뮤르 공작은 요지부동이었다.

"하아, 그렇게 하게."

"그럼 이만 가보겠습니다."

황제와의 독대를 마치자마자 마법사를 불러 통신구를 찾았다.

"무혁 남작."

-네.

"상황은 어찌 되었나?"

-언급했던 보상은 대부분 지급받았습니다. 몇 가지는 시일이 걸린다고 해서 계약서를 작성했고요.

"오오, 잘했군. 사실 걱정이 많았는데 말이야."

-걱정해 주셔서 감사합니다. 음, 그런데…….

"뭔가?"

-어쩌다 보니 추가로 보상을 더 받게 되었습니다.

"응? 추가로?"

아뮤르 공작의 눈이 커졌다.

"아니, 어떻게? 내가 말했던 것도 아슬아슬한 기준이었을 것인데……."

-그게…….

무혁의 설명을 들은 아뮤르 공작이 웃음을 터뜨렸다.

"푸하하하하! 그랬군, 그랬어! 아주 표정이 가관이었겠는데?
아무튼 고생했군. 아주 잘했어. 그럼 퀴넘 제국에서 보자고!"

-알겠습니다.

통신구를 마친 아뮤르 공작의 웃음이 한동안 더 이어졌다.

"정말 대단한 친구야."

이번 전쟁으로 얻은 이득이 어마어마했다. 사용한 특등급
의 마정석이 조금도 아깝지 않을 정도였다. 충분히 기쁨을 만
끽하던 아뮤르 공작은 급히 보좌관을 불렀다.

"그래, 이방인들의 기여도는 체크했나?"

"예, 공작님."

"수치는 정확한 거겠지?"

"물론입니다."

"좋아. 그럼 순위만 작성해서 주게."

"알겠습니다."

보좌관이 작성을 위해 자리를 옮기려는 순간.

"아, 잠깐."

"왜 그러시는지……."

"혹시 말이야."

"예."

"무혁 남작의 순위를 알고 있나?"

"알고 있습니다."

"흐음. 높겠지? 만약……."

말을 하던 아뮤르 공작이 이내 고개를 젓는다.

"아니, 아닐세."

그에 보좌관이 희미하게 웃었다.

"걱정하지 않으셔도 됩니다, 공작님."

"응?"

"그는 감히 넘볼 수 없는 수준의 1위니까요."

"아아, 그랬구만."

"그럼 작성해서 보여 드리겠습니다."

"그러게."

그 사이에 아뮤르 공작은 퀴넘 제국으로 향할 채비를 끝마쳤다. 마침 정문으로 다수의 병사가 걸어왔다. 가장 선두에 위치한 자가 보인다. 포승줄에 묶인 채 제대로 걷지도 못하는 있는 한 남성.

"알테온."

그렇게 그를 넘겨받았다.

"자넨 결코 쉽게 죽지 못할 것이네."

"으, 으으. 제, 제발 목숨만 살려주십시오. 공작님!"

무릎을 꿇는 그의 모습조차 역겨웠다.

"시끄럽군."

그 말에 마법사가 사일런스 마법을 펼쳤다.

"그럼 이제 출발하지."

"예, 공작님."

이방인들과 함께 퀴넘 제국으로 향했다.

목적지가 얼마 남지 않았을 무렵, 보좌관으로부터 서류를 받을 수 있었다.

"이건가?"

"예."

"움직이면서 작성하느라 힘들었겠군. 고생했네."

"별말씀을요."

아뮤르 공작은 서류를 펼쳤다.

전쟁 기여도 순위. 그 가장 위에 무혁이란 이름을 확인할 수 있었다. 그 아래로 무수한 이방인의 이름이 나열되었다.

이제 퀴넘 제국에서 2차 보상을 지급한 후, 포르마 대륙으로 돌아가 마지막 보상을 지급하면 끝이 나리라.

펄럭.

서류를 접은 후 품에 넣었다.

"속도를 높여라."

"예, 공작님."

어서 포르마 대륙으로 돌아가고 싶었다.

퀴넘 제국이 저 멀리 보였다.

거리가 좁혀졌을 무렵 아뮤르 공작과 NPC 병사들, 그리고 포르마 대륙의 유저들을 발견할 수 있었다.

"와, 벌써 온 거야?"

"우리도 나름 빨리 움직였는데……."

성민우와 예린이 놀란 표정을 지었다.

"그러게. 빠르네."

무혁도 감탄하며 앞으로 나아갔다.

순간 성문 주변이 분주해졌다. 고개를 갸웃거리고 있는데 얼마 지나지 않아 아뮤르 공작이 나타났다. 그가 반가운 표정으로 무혁을 포함한 모두를 환대한 것이다.

그에 기분이 좋아진 유저들 모두가 웃음을 지었고 아뮤르 공작은 그 자리에서 곧바로 2차 보상을 지급하겠다고 선언했다.

"오오……!"

"아주 그냥 보상이 칼이야, 칼."

"게다가 충분히 만족스럽고."

"그럼, 그럼."

주변에서 많은 얘기가 들려왔다.

"카이온 대륙 반응이라고 봤냐?"

"아, 보상 반응?"

"어. 진짜 웃기더라."

"푸흐흐. 거기는 다 부럽다고 하더라고. 카이온 대륙에는 제대로 된 귀족이 없다면서."

"맞아. 그래서 내가 포르마 대륙을 좋아한다니까."

"그럼, 최고지."

"으, 아무튼 힘들었었는데. 이제 끝이네."

"후, 앞으로는 소규모 전쟁에만 따로따로 참전해야지."

"나도."

대규모 전쟁은 확실히 힘들었다.

개인의 시간도 적었고 모든 유저의 일상이 일부 통제된 것이나 다름이 없었으니까.

일루전이 너무 재밌고 또 흥미로워서.

거기에 보상에 대한 기대감이 있었기에 참았던 것이지 아니었더라면 이미 폭발하고 말았을 것이다.

아무튼 이제 그 기대를 충족시킬 시간이 왔다.

"아직 시간이 조금 걸릴 것이니 잠시만 대기하도록."

아뮤르 공작의 말에 입을 다물고 있던 유저들이 수다를 떨었다. 이번 보상이 무엇일지에 대한 토론이 사방에서 벌어진 것이다.

"크, 뭐 주려나?"

"흠. 1차가 스탯 포션이었으니……."

"이번엔 더 좋겠지?"

"글쎄. 감이 안 오는데?"

들려오는 소리에 다들 각자만의 고민에 빠졌다.

무혁도 마찬가지. 그도 상상의 나래를 펼쳤다.

흐음, 뭐가 좋으려나.

원하는 것들을 떠올리며 미소를 그렸다.

특히 예린의 미소가 더욱 진했다.

"난, 으음. 나는 이번에는 스킬이면 좋겠는데."

"스킬?"

무혁의 반문에 예린이 고개를 크게 끄덕였다.

"응, 응! 가끔 스킬북도 보상으로 주잖아."

"그렇긴 하지."

"아무래도 스킬이 좀 부족한 거 같아서."

이런 고민을 하고 있을 줄이야.

스킬이라. 확실히 그 부분에 대해선 도움을 줄 수 있는 게 딱히 없었다.

"진짜 스킬북이어도 괜찮겠네."

"그치?"

어떤 게 나와도 좋았다.

어차피 2차일 뿐이니. 진짜 보상은 포르마 대륙에 도착한 상태에서 받게 될 것이다.

"일단 즐기자고. 마지막 보상도 남았으니까."

"아, 그렇지, 참!"

그사이 준비를 마쳤는지 아뮤르 공작이 임시로 설치된 단상에 올랐다. 증폭이 걸린 상태에서 말을 하니 뒤쪽까지 고루 퍼졌다.

"보상을 지급하기 전에, 먼저 자리부터 배정하도록 하겠다. 이방인들에게는 신기한 힘이 있다고 들었다. 모두 각자의 순위를 확인할 수 있겠지?"

이방인 다수가 고개를 끄덕인다.

그 모습을 확인한 아뮤르 공작이 말을 이어갔다.

"500위 단위로 끊도록 하겠다. 1위부터 500위까지는 왼쪽 1그룹. 501위부터 1,000위까지는 그들의 오른쪽 2그룹. 1,001위부터 1,500위까지는 다시 그들의 오른쪽 3그룹. 이런 식으로 줄을 맞춰 서주길 바란다. 그룹 내에서도 순위에 맞게 순서대로 서준다면 더 고맙겠군. 그래야 보상을 지급하는 시간도 줄어들 것이니."

유저들이 움직였다. 안타깝게도 예린과 김지연, 두 사람과는 그룹이 나뉘어졌다. 성민우는 500위 안에 들었지만 나머지는 아니었기 때문이다.

"그래도 바로 옆이니까, 뭐."

하지만 거리는 꽤 되었다.

"조금 있다 봐, 오빠."

"그래."

곧이어 보상 지급이 실시되었다.

"언급되는 이들은 앞으로 나오길 바라네. 무혁. 황용석. 아르카……."

이름이 불린 이들이 몸을 일으켰다.

단상으로 올라가는 이들. 그중에는 당연히 무혁도 포함되어 있었다. 압도적인 1위였으니까.

"수고들 했네."

아뮤르 공작이 순서대로 상자를 넘겼다.

"감사합니다."

그들 열 명이 내려가고 20명이 더 올라왔다.

총 30위. 아뮤르 공작이 직접 보상을 넘긴 순위였다. 그 아래로는 병사들이 나눠줬다. 성민우 역시 병사에게서 상자를 지급받았다.

"쳇, 30위까진 특별히 좋다는 뜻이겠지?"

"아마도?"

"아쉽네. 뭐, 그래도 괜찮겠지."

성민우의 순위는 217위. 결코 나쁘지 않았다.

"일단 예린이랑 지연이한테 가 보자고."

"오케이."

마침 예린과 김지연도 다가오는 중이었다.

"오빠!"

"어, 여기!"

모이자마자 그들은 각자의 상자를 꺼냈다.

"보상은 확인했어?"

"아니, 아직."

"그럼 같이 확인해 보자."

"좋지."

모두들 기대 어린 표정으로 상자를 개봉했다.

[기여도 보상 상자(특급)를 개봉합니다.]
[힘의 물약(2단계)을 획득합니다.]×30
[민첩의 물약(2단계)……]

이번에도 스탯 물약이었다. 다만 1차 보상 때보다 3배가 더 많았다. 모두 복용하면 올 스탯이 30개씩 증가하게 될 것이다.

하지만 이미 장인의 강화로 올 스탯 옵션을 엄청난 수치로 상승시켜놓았고, 또 앞으로도 그럴 수 있기에 그리 대단한 보상이라는 생각은 들지 않았다.

"흐음."

그러나 마지막에 떠오른 문구가 그를 웃음 짓게 만들었다.

[포르마 대륙 공헌도(25,000)를 획득합니다.]

이것으로 원하는 아이템을 직접 고르라는 뜻이리라.

수치가 상당한데.

놀라움도 잠시. 엄청난 규모의 전쟁이었던 만큼 이 정도 보상은 당연할지도 모르겠다는 생각을 하며 이내 수긍하는 무혁이었다.

"우오오오, 대에에박!"

잔잔한 감동을 깨뜨리는 성민우의 외침이 들려왔다.

"아, 귀청 떨어지겠네."

"지금 네 고막이 문제냐? 보상이 대박이라고!"

"스탯 물약이랑 공헌도 아니냐?"

"맞지!"

"근데 왜 그렇게 호들갑이야."

"미친. 올 스탯 10개라고, 10개!"

"아, 그러서."

"게다가 공헌노가 무려 5천 점이라고!"

"아아, 그랬구만."

성민우가 미간을 찌푸렸다.

"네 보상이 더 좋다 이거지?"

"당연하지, 그건."

"몇 점이냐! 한 1만 점 되냐?"

"아니."

"업, 다운?"

"업."

"1만 5천……?"

"업."

"2만이냐, 설마……?"

"업."

무혁의 반복되는 UP 타령에 성민우가 괴성을 내질렀다.

"이런, 미치이이이인! 도대체 얼만 거야아아아!"

부러움에 절규하는 그.

"부끄러움은 왜 우리 몫일까."

"정말…… 창피해, 오빠."

"도망치자, 어서."

"응!"

무혁은 예린과 함께 다급히 거리를 벌렸다.

다만 한 사람.

"아, 아아……. 어, 어쩌지."

김지연은 아직 성민우의 옆에 있었다.

혼란스러운 것일까.

얼굴이 홍당무처럼 빨개진 상태로 어쩔 줄 몰라 하며 갈팡질팡했다. 그런 그녀의 손목을 예린이 슬쩍 잡아당겼고. 김지연은 마치 기다렸다는 듯 그녀에게 끌려갔다.

여전히 절규하는 성민우를 가만히 구경하던 그때.

"자, 그럼 이제······!"

아뮤르 공작의 목소리가 들려왔다.

"포르마 대륙으로 돌아갈 채비를 하라!"

전쟁의 끝을 선언하는 소리였다.

아직 시련은 끝나지 않았다. 포르마 대륙으로 돌아가야 하는 마지막 장애물이 남았으니까.

그 과정에서 방해공작이 들어올 수도 있었다. 물론 아직 카이온 대륙의 병사와 기사, 그리고 귀족들을 인질로 잡고 있기에 가능성은 낮았지만 그렇다고 완전히 마음을 놓을 수도 없는 일이었다.

"주변 상황은?"

"특이한 점은 없습니다."

"방심하지 말게."

"물론입니다, 공작님."

"그래, 계속 사방을 경계하게나."

"예!"

이제 머지않았다. 곧 바다가 나올 것이고 배를 타고 돌아가기만 하면 된다. 적어도 출발을 해서 바다 위에 떠오르기만 한다면 어느 정도는 마음을 놓을 수 있을 터였다.

사실상 카이온 대륙에서 사로잡은 귀족들을 포기할 생각이 아니라면 바다에서는 시비를 걸지 않을 가능성이 높았으니까.

"조금만 더 힘을 내어라!"

아군을 독려하는 한편, 질질 끌려오는 알테온 백작에겐 경멸의 시선을 던졌다.

"사일런스를 풀어라."

"예, 공작님."

마법을 풀자마자 알테온이 앓는 소리를 했다.

"고, 공작님. 너, 너무 힘듭니다."

"쯧."

"더, 더 이상은 못 걷겠습니다……."

비틀거리는 알테온. 병사들이 그를 강제로 끌어당겼다.

"여전히 자기밖에 모르는군."

아뮤르 공작은 고개를 저으며 그에게서 눈을 뗐다. 그러자 마법사가 곧장 사일런스를 펼쳐 다시금 그를 침묵시켰다.

알테온의 소리가 들리지 않으니 괜히 마음이 편해졌다.

자연스럽게 우측에 위치한 무혁에게로 시선이 옮겨진다.

절로 흡족해졌다. 다시금 고개를 정면으로 했다.

방심은 금물이지.

머지않아 도착한 바다.

"모두 배에 올라라!"

준비된 배에 이방인들이 탑승했다. 그 뒤를 병사들이 따르고, 마지막으로 아뮤르 공작이 올라탔다.

"병사와 기사는 풀어주어라."

"예, 공작님."

"귀족들은 포르마 대륙까지 함께 간다."

풀려난 병사와 기사들이 기세를 뿜었다. 그간의 서러움이 폭발한 탓이리라. 공격할 의사는 없어 보였지만 그런 부분을 용납할 아뮤르 공작이 아니었다.

"지금 싸우자는 건가?"

누구도 대답하지 않는다. 반응도 없었고.

아뮤르 공작은 덤덤한 표정으로 검을 뽑아 귀족에게 겨눴다.

서걱.

목을 살짝 베어버리니 기사와 병사들이 움찔거렸다.

"다시 묻는다. 싸우자는 건가? 대답이 없다면 긍정한 것으로 알겠다."

그에 기사단장이 어깨를 떨어냈다.

"아니오……!"

"말이 짧구나."

다시 한번 귀족을 베었다.

"크윽……!"

신음하는 귀족의 모습에 기사단장이 고개를 떨어뜨렸다.

"아닙니다……."

"나머지는?"

찬찬히 훑는 그의 시선에 카이온 대륙 병사와 기사들 모두 고개를 숙였다. 자연스럽게 기세가 사라졌고 그제야 만족해하며 치료사를 불러 귀족의 상처를 돌보게 했다.

"출발하라!"

곧이어 배가 나아갔다. 생각보다 배의 속도가 빠른 덕분에 카이온 대륙이 순식간에 점이 되었다. 이윽고 점으로도 보이지 않을 정도가 되었다.

끝났군.

그제야 마음을 내려놓는 아뮤르 공작이었다.

포르마 대륙에 도착하자마자 헤밀 제국으로 향했다.

"허, 여기도……?"

"와, 대박이구만."

마을은 물론이고 소도시, 그리고 왕국 전부가 그들의 승리를 축하해 줬다.

압권은 단연 헤밀 제국이었다.

입구가 보이기도 전에 사람이 먼저 눈에 들어왔다.

그것도 무수히 많은 마치 점과 같은 그들이 두 줄로 자리를 잡고선 성문으로 향하는 길을 만들고 있었다.

그 사이로 진입하는 순간 시민들이 함성을 내질렀다.

"우와아아아아!"

"왔다!"

승자에 대한 환호성이었다.

"크, 내가 이런 대우를 받다니……."

"환대가 대단하긴 하네."

"뭐, 즐기자고!"

성민우는 그저 만면에 미소를 지었다.

"난 조금 부담스러워."

"나두……."

예린과 김지연은 몸을 살짝 움츠렸다.

"흐음. 뭐, 그냥 받아들이자고."

무혁은 그저 기분 좋게 그들의 환대를 있는 그대로 받아들였다. 상대에게서 무언가를 얻기 위한 거짓된 환대도 아니었고. 단순히 승리를 기뻐하는 것뿐이었기에 부담감을 가질 필요는 없다고 생각했다.

그렇게 헤밀 제국에 들어선 후 마지막 보상을 지급받기 시작했다.

"크, 죽인다!"

"우오오오!"

모두들 만족스러워하는 모양새였다. 다만 무혁을 포함하여 상위 순위에 속한 10명은 제외되었다.

"자네들은 3일 뒤에 폐하를 알현하게 될 것이네."

"아……!"

"그날 보상을 지급할 것이니 그때까지는 휴식을 취하도록 하게."

"알겠습니다."

10명 모두 약간은 흥분한 기색이었다.

황제를 만난다는 것. 거기서 얻게 될 보상이 결코 가볍지 않을 거라는 걸 본능적으로 직감한 것이다.

"그럼 그때 뵙겠습니다."

"그러도록 하지."

인사를 한 후 자리로 돌아간 무혁은 동료들과 함께 오랜만에 제대로 된 휴식을 취하기로 했다.

"후, 오늘은 그냥 자야겠다."

"나도."

"그럼 오랜만에 푹 쉬어보자고."

"그래, 내일 보자."

무혁은 로그아웃을 한 후 혼자만의 시간을 보냈다. 가장 많은 시간을 보낸 곳은 단연코 침대 위였다. 그 위에서 뒹굴거리며 일루전 홈페이지를 살펴보기도 했고 쓸데없는 뉴스를 클릭해서 읽어보기도 했다.

"후아."

그러다 나른해져서 눈을 감기도 했다.

좋네.

길었던 전쟁으로 인한 피로감이 사르르, 녹아갔다.

다음 날 점심과 저녁 사이, 애매한 시각에 눈을 뜬 무혁은 성민우와 김지연, 그리고 예린을 모두 불러 모아 함께 시간을 보냈다. 이곳저곳을 돌아다니기도 했고 죽어 있던 영화 시장을 오랜만에 들뜨게 만든 액션 영화 하나를 감상하기도 했다.

"와, 진짜 액션 지리는데?"

"오랜만에 대박이긴 하더라."

"크, 몇 년 만이냐, 이게."

성민우와 무혁은 당연히 즐겁게 감상했고.

"또 보고 싶어……!"

"그 정도야?"

"응!"

예린과 김지연은 그보다 더한 반응을 보이며 이번 영화의 흥행을 예고했다.

"아, 배도 고프다."

"맛있는 거 먹으러 가자."

"뭐?"

"오랜만에 고기나 뜯을까?"

성민우의 말에 예린과 김지연이 머뭇거린다.

그에 성민우가 고개를 갸웃거렸다.

"스테이크 싫어?"

"응? 아니, 좋아!"

"뭐야……."

"난 삼겹살 먹자는 줄 알고……."

"어휴."

"헤헤, 먹으러 가자아아!"

함께 호텔 레스토랑에서 혀를 녹이는 음식도 맛봤다.

당구장, 볼링장, 오락실 등. 여러 가지를 즐겼고 늦은 새벽, 술도 한잔 걸쳤다.

그렇게 해가 밝아올 즈음.

"으, 피곤한데?"

"이제 겨우 아침이야."

"카이온 대륙에서 좀 지냈다고 시차 적응 안 되네. 이거."

"이참에 바꿔 버리자고."

"어……?"

"저녁까지 더 노는 게 어때?"

"그, 그건……."

"일루전이나 하면서."

일루전이란 말에 다들 진지하게 고민했다.

가능할 것도 같았으니까.

"흠, 그래 볼까?"

"오랜만에 정비도 좀 하고. 의뢰 퀘스트도 깨고."

"괜찮지."

"그래, 계속 이렇게 있을 수도 없으니."

"오늘 한번 버텨보자고."

성민우가 그때 손을 들었다.

"대신!"

모두가 그를 쳐다봤다.

"집에 가면 100퍼센트 잘 테니까 오늘은 캡슐방이다!"

"어……?"

to be continued